눈치는 개나 주고 떠난
나 홀로 세계여행

눈치는 개나 주고 떠난 나 홀로 세계여행

UDT 전역 후 나를 찾아 떠난 청춘의 기록

초 판 1쇄 2024년 07월 30일

지은이 델타(김성진)
펴낸이 류종렬

펴낸곳 미다스북스
본부장 임종익
편집장 이다경, 김가영
디자인 임인영, 윤가희
책임진행 김요섭, 이예나, 안채원

등록 2001년 3월 21일 제2001-000040호
주소 서울시 마포구 양화로 133 서교타워 711호
전화 02) 322-7802~3
팩스 02) 6007-1845
블로그 http://blog.naver.com/midasbooks
전자주소 midasbooks@hanmail.net
페이스북 https://www.facebook.com/midasbooks425
인스타그램 https://www.instagram.com/midasbooks

ISBN 979-11-6910-741-9 03810

값 **19,000원**

미다스북스는 다음세대에게 필요한 지혜와 교양을 생각합니다.

눈치는 개나 주고 떠난
나 홀로 세계여행

UDT 전역 후 나를 찾아 떠난
청춘의 기록

델타 지음

미다스북스

프롤로그

　지금까지 하고 싶은 대로 살아온 나는 한국 사회의 틀과 다른 삶을 살아가고 있다. 대부분의 한국인들은 초중고를 나와 입시 시험을 피 터지게 준비하며 명문 대학, 대기업을 갈망하고, 30~40대가 되면 주변 눈치로 인해 결혼을 해야 할 것만 같은 삶.

　쉽게 말해 한국 사회가 정해 준 틀 안에서 살아간다.

　나는 고등학교 때부터 '굳이 대학을 가야 하나?'라는 생각을 가졌고 그때부터 남들과 조금 다른 길을 걷는다. 주변에서 펜을 잡고 열심히 공부할 때 나는 쇠를 잡고 열심히 운동했고 어떤 대학을 갈지 고민하던 친구들과 달리 어떤 군대에 지원할지 생각했다.

그렇게 나는 UDT에 입대하게 된다.

시간이 흘러 전역하는 날이 다가왔고 다시 선택의 기로에
서게 된다.

군 경력을 살려 공무원으로 취업할지 아니면 가슴속에 담
아 두고 있었던 세계여행을 갈지. 전역하기 1년 전부터 계속
생각해 왔지만 내려지는 답은 세계여행이었다. 이번에도 역
시 쉽지 않은 길을 선택했지만 내가 하고 싶은 것이기에 기
대와 설렘을 가득 안고 무작정 비행기 티켓을 끊어 버렸다.

남들과 다른 길을 걸었지만 하나 확실한 건 하고 싶은 일
을 했을 때 오는 성취감과 행복을 알았다는 것이다. 그렇기
때문에 남들과 다른 길을 걸어도 자신 있고 여태 후회 없는
삶을 살았다.

지금부터 남들과 다르게 걸어온 삶 속에서 배웠던 것들을
말하고자 한다.

한 번뿐인 인생을 즐기고 행복하게 살기 위해 빨리 알면
좋을 것들이라 생각한다. 하지만 지극히 주관적인 얘기이니

한 눈으로 보고 한 눈으로 흘려보냈으면 좋겠다.

선택과 결정은 결국 본인의 몫이고 그 누구도 책임져 주지 못하기 때문이다.

그래서 내게 무엇을 이뤄 냈냐 물어본다면 이 책으로 대신 질문에 대답한다.

2부

지금까지의
삶을 걸어오며

여행
일정

2022년

2023년

4월 5일	북마케도니아 ⇨ 세르비아	버스
4월 9일	세르비아 ⇨ 헝가리	버스
4월 14일	헝가리 ⇨ 체코	버스
4월 18일	체코 ⇨ 오스트리아	기차
4월 23일	오스트리아 ⇨ 크로아티아	버스
4월 29일	크로아티아 ⇨ 보스니아	버스
5월 5일	보스니아 ⇨ 인도네시아	비행기
5월 18일	인도네시아 ⇨ 프랑스	비행기
5월 23일	프랑스 ⇨ 스페인	버스
6월 6일	스페인 ⇨ 포르투칼	버스
6월 12일	포르투칼 ⇨ 모로코	비행기
6월 24일	모로코 ⇨ 요르단	비행기
6월 30일	요르단 ⇨ 이집트	배
8월 15일	이집트 ⇨ 마다가스카르	비행기
8월 27일	마다가스카르 ⇨ 케냐	비행기
8월 31일	케냐 ⇨ 탄자니아	버스
9월 17일	탄자니아 ⇨ 잠비아	기차
9월 21일	잠비아 ⇨ 짐바브웨 ⇨ 잠비아	자전거
9월 22일	잠비아 ⇨ 보츠와나	버스
9월 29일	보츠와나 ⇨ 나미비아	렌트카
10월 9일	나미비아 ⇨ 남아프리카공화국	렌트카

| 10월 17일 | 남아프리카공화국 ⇨ 브라질 ^{비행기} |
| 10월 25일 | 브라질 ⇨ 아르헨티나 ^{버스} |

10월 17일   남아프리카공화국 ⇨ 브라질 ^{비행기}

10월 25일   브라질 ⇨ 아르헨티나 ^{버스}

11월 7일   아르헨티나 ⇨ 칠레 ^{버스}

11월 13일   칠레 ⇨ 아르헨티나 ^{버스}

12월 30일   아르헨티나 ⇨ 볼리비아 ^{버스}

2024년

1월 11일   볼리비아 ⇨ 페루 ^{버스}

2월 1일   페루 ⇨ 멕시코 ^{비행기}

3월 6일   멕시코 ⇨ 영국 ^{비행기}

3월 13일   영국 ⇨ 인도네시아 ^{비행기}

3월 26일   인도네시아 ⇨ 대한민국 ^{비행기}

**2022년 10월 3일 ~ 2024년 3월 26일까지 총 541일 동안
37개국 119도시를 여행했다.**

1부

세계를 걸으며

줏대 있는 자,
세계로 향하다

세계여행, 그 시작이 궁금하다면? ————

SCAN ME!

당신은 여태 하고 싶은 대로
하면서 사셨나요?

타임머신이 당신 눈앞에 있다.

과거로 돌아가는 타임머신을 타게 된다면 과거에 있었던 일을 바꿀 기회가 생긴다. 반대로 미래로 가는 타임머신을 탄다면 당신이 설정한 연도로 이동해 미래의 당신의 모습만 바라보고 돌아와야 한다.

당신은 무엇을 선택할 것인가?

나는 당당하게 말할 수 있다. 한 치의 망설임도 없이 10년 뒤의 미래로 가고 싶다고.

과거에 대한 후회와 미련은 하나도 없고 그저 미래의 내가 뭘 하면서 살고 있을지 궁금하기 때문이다. 유년 시절의 기억은 잘 안 나지만 여느 아이들과 다를 것 없이 유치원과 초등학교를 다녔다. 중학교 때부터는 나의 의사결정이 있었지만 이때까지도 가족의 품 안에서 부모님이 시키는 대로 삶을 살아가고 결정했다. 그렇게 시간이 지나 고등학생이 되고 부모님의 울타리를 벗어나 첫 번째로 내가 원하고자 하는 목표를 찾게 된다. 하지만 그 목표는 다른 친구들처럼 좋은 대학교에 입학하는 것이 아닌 특수부대 즉 군인의 길로 간다는 것이었다.

군인이라는 길을 선택해서 그런지 어머니는 내 선택에 대해 불만이 많았다. 학교 정규 수업이 끝난 뒤 운동을 하고 집에 들어가면 어머니는 매일같이 군대가 아닌 대학교에 가라고 말했다. 그때마다 나의 목표에 대해 설명했지만 어머니 입장은 자식이 안정적인 길로 가길 바라고 남들과 같은 길을 갔으면 했다. 그렇게 6개월 정도 집에 들어갈 때마다 대학교에 가라는 어머니의 말을 들었다. 하지만 너무 확고한 뜻이 있었던 나는 어느 날 어머니께 이런 말을 했다.

"어머니, 대학교의 'ㄷ' 자라도 꺼내실 생각이면 저랑 대화할 생각하지 마세요."

그 이후로 어머니는 대학교에 관한 얘기를 일절 하지 않았다. 그 당시 나는 고등학교 2학년이었다. 수많은 반대와 걱정이 있었지만 그때마다 내가 정한 목표가 있었기에 걱정의 말은 한 귀로 듣고 한 귀로 흘리기 바빴다. 그렇게 시간이 흘러 고등학교를 졸업하고 내가 목표했던 UDT에 입대했다. 우여곡절이 있었지만(발목이 부러져 네발로 걷다 참고) 잘 참고 견뎌 내수료하게 된다. 그토록 반대와 걱정을 하던 부모님은 자랑스러워하며 동네방네 소문내기 바빴다.

여느 때와 다름없이 시간은 계속 흘러갔고 어느덧 전역은 1년 남은 상황.

이때 두 번째 목표를 세우게 된다. 그건 바로 세계여행을 떠나는 것.

해외여행을 가 본 적은 고등학교 졸업 후 친구들과 코타키나발루를 간 것 말고는(파병으로 아랍 간 것은 제외) 없었다. 하지만 넓은 세상에 살아가고 있는 다른 사람들의 삶을 통해 어떠한 것을 느끼고 배울 수 있는지 궁금해져 5대륙을 가 보기로 마음먹었다. 언제 돌아올지 모르는 세계여행을 간다는 말에 부모님은 세계여행을 가기보다는 유럽만 한두 달 갔다 올 것을 권하며 이렇게 말했다.

"혹시라도 네가 가 있는 동안 엄마, 아빠한테 무슨 일이라도 생기면 어떻게 할래? 영어도 못하는데 가서 무슨 사고라도 당하면 어떻게 해?"

부모님은 걱정되는 마음에 한 말이겠지만 이미 굳게 마음먹은 나를 뒤흔들 사람은 아무도 없었다. 그리고 어머니에게 말했다.

"어머니, 저 고집 센 거 아시죠? 한다면 한다는 거. 그리고 **그런 걱정을 가지고 살아가면 이 세상에 할 수 있는 건 아무것도 없어요.**"

이 말을 듣고 어머니는 날 한번 쳐다보더니 입을 닫았다.

간절히 원하는 게 생기면 주변의 잔소리와 걱정의 눈빛은 신경 쓰지 마라. 그리고 그것에 미쳐라. 그게 직장이든 연애든 운동이든 어떤 분야에서든 피땀 흘려 가며 노력해라. 그리고 이뤄 내라. 성취감은 이루 말할 수 없고 어디서도 느껴 보지 못한 쾌감을 느낄 것이다.

하고 싶은 게 생기면 해라.
중간에 포기할 생각은 접어 두고.

발리에서 마주친
피자 파는 청년들

〜〜〜。

어떨 때 여유롭다고 느껴지나요?

여유,

이 한마디에 담긴 함축적인 의미들과 상황 때문에 나는 여
유라는 단어를 좋아한다.

한국에 있을 때 느낀 여유란 쉬는 날에 경치 좋은 숲이나
바닷가에서 맥주와 함께 좋아하는 노래를 들으며 멍때리는
것을 여유라고 생각했다. 또한 다음 날 출근을 안 해도 되고
시간 안에 업무를 끝내지 않아도 되는, 그 어떤 것에도 쫓기
지 않는 시간을 여유롭다고 생각했다. 하지만 이 관념은 발
리에서 깨지게 됐다.

　세계여행을 시작한 첫 나라여서 며칠간은 설레는 감정으로 놀기 바빴지만 정신 차리고 그들의 삶을 바라봤을 땐 놀라울 수밖에 없었다. 그들의 삶을 대하는 태도가 여유 그 자체라는 것을 느꼈기 때문이다. 오토바이를 타는 모습, 밥을 먹는 모습, 식당에서 손님을 맞이하는 모습, 장사를 하는 모습 등등 말로 표현하기 힘들지만 현장에서 느낄 수 있는 여유로움을 가지고 있다.

　한 번은 일몰을 보러 가기 위해 오토바이를 타고 해변가로 가던 중이었다. 저녁을 먹었지만 그날따라 배가 출출했고 때마침 푸드트럭을 발견해 근처에 주차한 후 트럭으로 향했다. 피자를 파는 푸드트럭이었지만 진열된 피자를 보니 딱히 먹고 싶지 않았다. 하지만 가격이 저렴하여(조각당 1500원 정도) 그나마 맛있어 보이는 피자 두 조각을 시켰다. 마땅히 앉을 곳이 없었던지라 나무판자에 앉아 피자를 먹으며 장사하는 모습을 봤다. 일하는 사람은 총 세 명이었고 궁금한 것이 생겨 그들에게 물어봤다.

　"피자 파는 일 말고 다른 일도 하시나요?"

돌아온 대답은 이러했다.

"아침에 재료 준비하고 저녁에 피자 파는 거 외에는 하는 일 없어요."

하지만 피자 파는 일이 생계인 그들에게 장사는 쉽지 않아 보였다. 길을 지나는 행인들에게 홍보해도 오지 않았고 혹여 온다고 한들 피자 비주얼에 실망하여 발걸음을 돌리기 바빴다. 장사가 잘되진 않았지만 그들에게서 실망과 조바심은 찾아 볼 수 없었고 오히려 밝은 표정을 띠며 피자를 만들었다.

혼자 온 내가 어디서 왔는지 궁금해 묻는 그들에게 한국에서 왔다고 하니 갑자기 빅뱅의 〈뱅뱅뱅〉을 틀어 주었다. 장사가 잘되든 안되든 함께 노래 부르고 춤을 췄고 그런 그들의 모습은 삶을 즐기며 사는 것처럼 느껴졌다. 그들이 정말 하고 싶은 일이 피자 파는 일인진 모르지만 자신에게 주어진 일이 잘되든 안되든 즐기면서 하는 모습을 보며 **'여유란 내가 생각하기 나름이겠다.'**라는 생각이 머릿속을 스쳐 지나갔다.

여태껏 핑계와 회피를 위해 여유가 없다고 생각했던 것은 아닐까?

삶과 서핑의 공통점

1인칭으로 바라보는 서핑의 현장이 궁금하다면? —————

서핑의 매력이 무엇인지 아시나요?

세계여행을 떠나기 전 제주도에서 두 달간 살았던 적이 있었다. 이때 처음으로 서핑을 접했고 마음에 들었던지라 세계 여행의 첫 여행지를 베트남에서 발리로 바꾸는 계기가 됐다. 모르시는 분들을 위해 말씀드리자면 발리는 서핑 타기에 최적의 조건을 갖추고 있어 서핑을 좋아하는 사람들은 발리로 여행을 많이 간다.

한국을 떠나는 날이 왔고 발리에 도착해 주야장천 서핑을 하다 보니 어느 날 문득 서핑과 삶이 비슷하다는 거를 느꼈다. 서핑을 해 본 사람이면 알 것이다. 서핑은 기다림의 싸움이란 것을. 잔잔한 파도를 타려고 온 힘을 다해 패들링을 한들 더 좋은 파도를 타기 위해 돌아오게 된다. 하지만 조그마한 파도를 타지 않고 기다리고 또 기다리면 최적의 파도가 나타나고 그 기회를 잡은 서퍼는 멋지게 서핑을 즐길 수 있다.

준비된 사람만 탈 수 있는 최고의 파도.

삶과 비슷한 거 같다.

조금의 실마리가 보이면 어떻게든 잡아내고 올라가려는 사람들. 곧 얼마 못 가 떨어지거나 자신의 목표치만큼 올라가지 못한다. 물론 예외도 있을 것이다. 하지만 그러한 사람이 얼마나 되겠는가?

기다리고 또 기다리다가 최적의 파도가 왔을 때 멋지게 타고 앞으로 나아갈 수 있는 그런 삶. 모두가 원하는 삶이지 않을까?

최적의 파도가 오기 전까지 준비하고 또 준비해서 멋진 파도를 탈 수 있길 바라 본다.

세계여행의 부러움
그리고 현실

도이 수텝-푸이 공원의 풍경이 궁금하다면? ─────

누구를 또는 어떤 특정한 것을
부러워한 적이 있으신가요?

세계여행을 떠나 태국을 여행하던 중 있었던 일이다.

태국의 치앙마이에 도이 수텝-푸이 국립공원이 있다. 시내에서 멀리 떨어진 곳이라 대부분 같이 갈 동행들을 구한 뒤 다인승 픽업 택시를 불러 국립공원에 간다. 이 방법이 혼자 온 여행객에게는 제일 저렴하게 가는 방법이며 심심하지 않게 여행할 수 있는 방법이라 나 또한 동행들을 구해 국립공원으로 향했다.

별 탈 없이 아홉 명의 사람들과 공원을 둘러봤고 야경이

유명한지라 해가 지길 기다린 후 야경까지 보고 다시 시내로
내려가 동행들과 저녁을 먹었다. 처음 마주한 사람들이라 나
이와(이때 당시 22세) 이름 그리고 현재 뭘 하고 있는지 간단히
자기소개를 했다. 고생을 많이 해서 노안이 온지라 22세처럼
안 보였는지 다들 내 나이를 듣고 깜짝 놀랐고 세계여행을
한다는 것에 부러워하며 이런 얘기를 했다.

"어리니까 가능한 거예요.", "젊을 때 많이 놀아 봐요.",
"나이가 깡패야. 늙으니까 체력이 안 돼서 못하겠어."

대부분 나이를 언급하며 부러움을 표현했다. 참고로 아이
러니하게 이러한 말들은 20~30세 차이 나는 분들이 아닌 대
부분 20세 후반에서 30세 초반인 사람들이 말한다.

태국에서뿐만 아니라 여행을 하던 중 나보다 나이가 많
은 동행들을 만나면 나이를 운운하며 부러움을 표시하는 사
람들이 많았다. 각자 생각이 다를 뿐 틀린 말은 아니라고 본
다. 한국 사회는 나이를 먹으면 먹을수록 사회가 정해 준 틀
로 인해 취업, 결혼, 아파트 등등 신경 써야 하는 것이 많기

에 세계여행은 꿈으로 생각하는 사람들이 대부분이다. 하지만 나이에 관해 들을 때마다 항상 했던 얘기가 있다.

"세계여행 모두 다 가고 싶어 하죠. 근데 실행에 옮기지 못하는 이유는 도전보다 현실의 안정성을 추구하는 마음이 더 커서 사직서를 내지 못하는 거예요."

그리고 덧붙였다.

"여행하고 싶은 마음이 현실의 안정성보다 커지면 언제든 퇴사하고 여행을 떠나시면 됩니다. 하지만 한순간에 혹한 마음으로 떠나시게 된다면 한국에서의 삶도 잃고 자신이 생각했던 여행 또한 얻지 못할 거예요."

한국에 와서 뭘 시작해도 늦지 않은 나이기에 이런 생각을 가질 수 있다고 생각하는 분들이 있을 것 같다. 나이는 숫자에 불과하다는 것을 깨닫고 나이에 대해 다룬 주제가 다음 페이지에 있으니 편견을 갖고 있는 분은 꼭! 아니, 무조건 읽어 보시길 바란다.

삶을 살다 보면 부러움이 생길 때가 있을 겁니다. 내가 가질 수 없는 부러움도 있겠죠. 근데 당장 하려면 할 수 있지만 차마 하지 않는 부러움도 있을 겁니다.

그때 생각해 보세요.

나의 현생까지 내려놓으면서 할 수 있는 일인지.

그리고 나를 위해 살고 있는지 아니면 사회가 정해 준 틀에 맞춰 살고 있는지.

참고로 어떠한 삶을 살고 있든 도덕적으로 벗어나지 않고 살아가는 모든 사람들을 존중합니다.

꼰대들의 자부심=나이

당신은 어떠한 것을 할 때
나이가 걸림돌이 된다고 생각하시나요?

한국에 있으면 나보다 나이가 많은 사람에게 흔히 들을 수 있는 말이 있다.

"나는 나이가 많아서 못 해.", "너는 젊어서 할 수 있어.", "젊으니까 좋겠다.", "지금을 즐겨.", "아직 아기네."

이외에도 많은 말이 있지만 나이가 많다는 것을 우위에 있고 세상을 다 살아 본 것처럼 얘기한다. (모든 사람이 그렇다는 건 아니다.) 이런 얘기를 하는 사람들 중 20세 이상 차이 나는 사람도 있지만 대부분 고작 1~10세 차이의 사람들이 저런 말과 함께 나이에 대한 자부심을 부린다. 세계여행을 하기 전제일 많이 들었던 얘기도 나이에 관한 것들이었다.

"네 나이니까 여행할 수 있는 거야.", "어리니까 체력이 좋겠다.", "지금 아니면 언제 하겠어."

이런 얘기를 듣고 세계여행을 하며 느끼게 된 것이 있다. 한국인만 나이에 대해 운운하지 그 어떤 외국인을 만나도 상대방보다 나이가 많다는 이유로 우쭐대거나 어리다고 아기 취급을 하지 않는다는 것이다.

"외국인이니까 우리랑 문화가 달라서 그럴 수 있지."

이렇게 생각할 수도 있을 것 같아 여행하며 만난 나이의 편견을 깬 한국인들의 이야기를 들려주겠다.

세계를 돌아다니던 중 이집트 다합에 간 적이 있다.
한국인들에게 유명한 다합은 해양 액티비티를 즐길 수 있

고 한인 셰어하우스가 잘 발달되어 배낭여행자의 늪이라고
도 불린다. 나 또한 여기서 40일 정도 머무르면서 여러 사람
을 만났고 그중 나이를 신경 쓰지 않고 하고 싶은 대로 살아
가는 이들을 만났다.

88년생 민규 형은 남들이 부러워하며 가고 싶어 하는 공기
업에 취직해 일하고 있었다. 하지만 자신이 하는 업무가 너
무 하찮은 것들로 가득했고 상사들이 하는 일도 자신이 할
수 있을 것 같다는 생각이 들기 시작했다. 그렇게 반복되는
업무로 일이 지겨워져 퇴사하고 회계사 준비를 하고 있었다.
다합에는 회계사 시험을 치고 왔던 상황이었고 30대 후반에
공기업 퇴사 후 다른 일을 준비한다는 것은 쉬운 결정이 아
니었을 것이다. 주변의 반대도 심했다고 했다. 남들이 선망
하는 기업에서 일하는데 정작 본인은 퇴사하고 다른 일을 하
겠다고 하니 이 말을 제일 많이 들었다고 했다.

"도대체 왜 퇴사해?"

하지만 그는 현실에 안주하기보다는 자신이 하고 싶은 일
을 선택했고 도전하는 중이다.

87년생 재현이라는 형도 민규 형과 같은 시기에 만났다.

한국에서 잘나가는 기업 중 하나인 삼성을 다니고 있고 쉬는 날에는 오로지 트레킹과 백패킹에 시간을 쓴다. 트레킹과 백패킹에 미쳐 있던 그는 더 멋진 풍경을 보기 위해 이듬해에 들어갈 승진 평가와 상여금을 포기하면서 1년 휴가를 내어 세계여행을 떠났다. 1년간 여행을 떠난다는 걸 주변에서 알았을 때 많이 들은 말이 있다고 했다.

"여행보다 결혼 먼저 해야지."

하지만 그는 주변의 시선에 개의치 않고 본인이 하고 싶은 대로 밀고 나갔다.

다합 외에도 다양한 연령대의 사람들을 만났고 그들의 스토리를 들으며 생각했다. **'하고자 하는 용기와 실행하는 추진력만 있으면 나이와 상관없이 뭐든 할 수 있다.'**라는 걸.

25년 전 정보가 거의 없던 시절 한국을 떠나 아프리카 마다가스카르에 정착하여 서울 호텔이라는 숙박업과 한식당, 픽업 서비스 등등 마다가스카르에서 한국인을 위해 도움을 주고 계시는 사장님.

회사 생활을 하다 어느 날 문득 쳇바퀴처럼 굴러가는 삶에 질려 48세에 퇴사를 하고 3년째 자유롭게 유럽 여행을 하고 계시는 북마케도니아에서 만난 한국인 어머님.

친지 가족 회사를 물려받아 남부럽지 않게 살 수 있는 상황이었지만 일하며 모은 돈으로 세계로 떠나 왔고 한국에 돌아가면 하고 싶었던 연극에 도전할 거라던 88년생 예한이 형.

자전거로 멕시코 여행을 하기 위해 6개월간 휴가 내고 여행 오신 53세 한국인 아버지.

이외에 더 많은 사람들이 있지만 앞선 얘기로 나이는 숫자에 불과하다는 것을 느꼈으리라 믿는다. 참고로 여행하며 만났던 사람들 중 제일 고령자였던 분은 멕시코에서 만난 캐나다 국적의 78세 할아버지지만 25kg의 배낭을 메고 여행하고 계셨다.

이들의 공통점은 하고 싶은 걸 하기 위해 도전했다는 것이다.
나이는 숫자에 불과하다.
현재를 살아가고 있는 지금이 당신의 제일 젊은 순간이다.
남들과 비교하지 말고 나이가 많다는 생각은 접어 둬라.

도전하기 무서워 핑계 대는 겁쟁이들이 하는 말이다.

하고 싶은 일이 있으면 해라.

청춘처럼 살고 싶다면 청춘처럼 행동하면 된다.

더럽고 사기가
빗발치는 인도

인도의 생일 문화가 궁금하다면? —————

◠◠◦

여러분들은 인도라는 나라를 생각하면
무엇이 떠오르나요?

세계여행을 준비하며 많은 국가들 중 인도를 제일 가고 싶어 했다. 그 이유는 인도만이 갖고 있는 특유의 문화 때문이었다. 그렇게 인도 여행을 마음먹고 정보를 수집하기 시작했고 여러 가지 방법이 있지만 나는 블로그와 유튜브를 활용했다. 유튜브에서 많은 사람들이 인도는 치안이 안 좋은 곳, 사기가 빗발치는 곳, 세상 더러운 곳이라고 보여 줬다. 매체를 통해 인도의 안 좋은 부분만 보았고 주변 사람들 또한 인도에 간다고 하면 "치안도 안 좋고 비위생적인 곳을 왜 가? 몸 조심해라."라는 말을 건넸다.

시간은 흘러 태국에서 인도에 가는 날이 됐다. 내가 봤던 매체와 소문들로 인해 한층 더해진 긴장감을 안고 공항 체크인을 하려고 줄을 서고 있었다. 인도행 비행기다 보니까 앞뒤로 전부 인도인들뿐이었고 외국인이라고는 동행과 나 말고는 서양인 한 명이 전부였다. 체크인을 기다리던 중 앞에 있던 인도인이 말을 걸어왔다.

"너네 인도에 왜 가려고 해?"

나는 이렇게 대답했다.

"전부터 인도 여행을 꼭 해 보고 싶어서 인도에 가는 거야."

여행 간다는 말에 핸드폰을 켜라고 하더니 자신이 알고 있는 현지 정보와 맛집들 그리고 여행지를 추천해 주기 시작했다. 그러면서 어떤 문제가 생기면 연락하라며 whats app(해외에서 많이 사용하는 카카오톡 같은 앱)을 통해 번호 교환까지 하게 됐다. 이때까지만 해도 '태국을 여행할 정도면 잘산다는 거니까 어느 정도 호의를 베풀 줄 아는 친구인가 보네.'라고 생각하며 여전히 인도에 대해서는 경계심을 가진 상태로 비행기에 탔다.

한국인이 인도 여행을 하기 위해서는 비자가 필요한데 도착 비자를 살 수 있다는 말에 온라인으로 비자를 사지 않았다. 그렇게 인도에 도착한 후 마음의 준비를 하며 입국 심사를 기다리고 있었다. 도착 비자를 받으려면 적어도 2시간 또는 그 이상으로 걸린다는 글들을 봤기에 마음의 준비를 한 것이다.

이때 뜻밖의 일이 일어난다.

엄청난 인파 속에서 직원분이 우리를 발견하고는 하나의 창구를 비워 일대일로 전담하여 도착 비자를 받을 수 있게 도와주는 것이었다. 그렇게 비행기에서 내린 후 1시간 20분 만에 도착 비자를 받았고 공항 밖으로 나갈 수 있었다.

처음 도착한 도시는 마더 테레사의 묘가 있는 인도 동쪽에 위치한 콜카타였다. 공항 밖으로 나가 보니 심한 미세먼지로 인해 앞은 온통 부옇고 해가 뜨지 않아 음산한 기운이 들었다. 시내까지 버스를 타기 위해 현지 사람 및 경찰관에게 위치를 물어보자 정말 친절하게 알려 주었다. 친절한 설명으로 버스 정류장을 쉽게 찾았고 1시간 넘게 기다린 후 버스를 탈 수 있었다. 이때 내가 머물던 자리에 카메라 커버를 흘리고 갔었는데 현지인이 커버를 버스까지 가져다주어 잊어버리지 않고 챙길 수 있었다.

이때부터였다.

'내가 왜 그렇게 경계심을 품고 있었을까.'라는 생각과 함께 '역시 소문은 소문이고 직접 겪지 않으면 알 수 없는 거구나.'라는 걸 깨달은 순간이.

이후 인도를 여행하면서 정말 많은 도움을 받았다.

1. 기차표를 구하지 못해 전전긍긍하는 우리를 위해 직접 기차표를 구해 준 호텔 사장님.
2. 인도 배달 앱에 카드 등록이 안 되어 주문을 못하는 우리를 위해 번거로움도 마다하고 본인의 핸드폰과 카드로 직접 주문해 주었던 숙소 사장님.
3. 새해를 축하하기 위해 간 식당에서 한국에서 왔다는 이유만으로 자신의 음식을 나눠 준 청년들.
4. 초면인데도 내 생일이라고 진심으로 축하해 주며 인도의 생일 문화를 알려 주고 춤을 춰 준 친구들.

이 밖에도 수많은 친절과 도움을 받았다.

그리고 느꼈다.

소문이라는 게 참 무서운 거고 다른 사람의 말만 듣고 판단하면 안 된다는 걸.

생각만 했었지 느껴 본 적 없었던 상황은 확실히 몸에 와 닿는 경험이었다.

소문은 소문일 뿐.

직접 겪어 보지 않았으면 판단하지 말자.

인도에서 한국을
그리워하며

당신이 그리워하는 것은 무엇인가요?

지금 이 글을 쓰는 시점 한국을 떠난 지 78일째 되는 날 인
도에 있다.

세계여행을 하다 보면 사람들이 이런 질문을 한다.

"세계여행 하는 것이 대단하고 부러워요, 여행하는 것은
어때요? 재밌죠?"

이에 대한 대답은 항상 같다.

"여행하면서 다양한 문화를 보고 새로운 경험을 할 수 있

어서 좋고 새로운 음식들을 먹을 수 있어서 재밌어요."

여기까지만 들으면 마냥 즐겁게 여행한다고 생각할 것이다. 하지만 재밌어요 뒤에 따라오는 말.

"재밌고 신나지만 혼자 있는 시간이 많다 보니 가끔 외롭고 한국이 그리워요."

인도를 같이 여행하는 누나가 있었다. 누나는 한국을 떠난지 7일 정도밖에 안 지났지만 매일 같이 자기가 키우는 강아지 사진을 보면서 이렇게 말한다.

"나무 (키우는 강아지 이름) 보고 싶다."
이 말을 들으면 나는 이렇게 답한다.
"여행 온 지 얼마나 됐다고 벌써 보고 싶어 해."
뒤이어 말을 붙이길.
"아…… 한국 가고 싶다.", "한식 먹고 싶다.", "친구들 보고 싶다.", "집 가고 싶다."

그리움의 대상들을 연달아 말한다.

그리움이라는 단어.

세상을 살아가다 보면 가질 수밖에 없는 감정이라고 생각한다. 그리워하는 장소, 그리워하는 사람, 그리워했던 냄새 등등 그리워했던 것을 다시 맞닥뜨리게 된다면 알 수 없는 감정과 함께 밀려오는 행복과 즐거움이 있지 않은가.

이것이 그리움이 주는 매력이라고 생각한다.

하지만 때로는 다시 맞닥뜨릴 수 없는 그리움이 있다.

마치 지나간 청춘처럼.

다시 맞닥뜨릴 수 없는 그리움은 마음속에서 조금씩 보내 주고 언제 찾아가든 언제 만나든 변하지 않는 그리움의 대상을 만드는 건 어떨지 조심스레 생각해 본다.

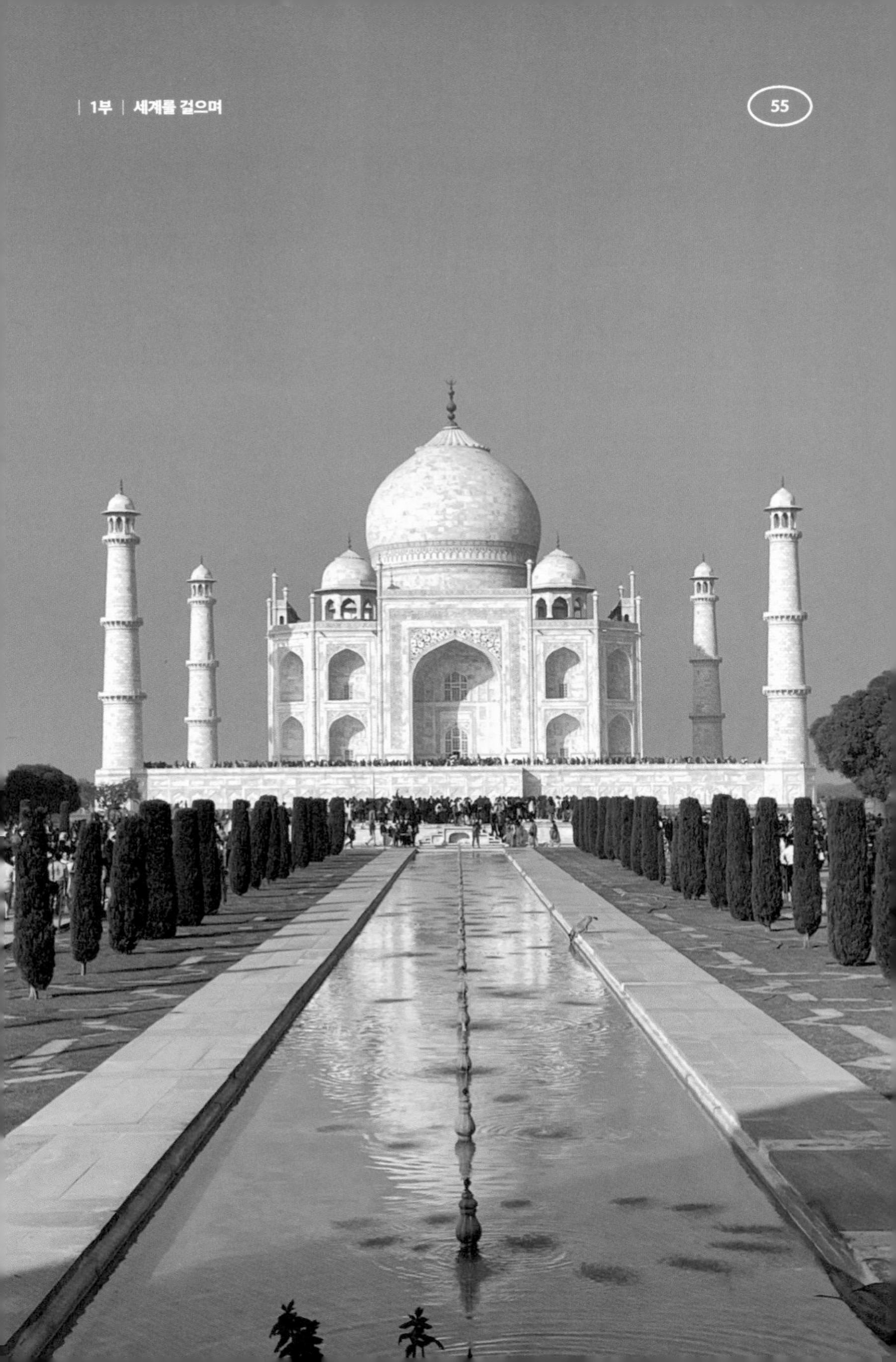

삶과 죽음의 경계선에 있는 바라나시

갠지스강의 풍경이 궁금하다면? ————————

당신에게 죽음은 어떻게 받아들여지나요?

세계여행을 하기 전 인도를 제일 가고 싶어 했고 그 이유는 여러 가지가 있었지만 제일 큰 비중을 차지했던 것은 바라나시에 있는 갠지스강 때문이었다.

인도에는 다양한 종교가 있지만 그중 80% 이상이 힌두교를 믿는다. 힌두인들에게 갠지스강은 신성시 여겨지는데 그 이유는 힌두교의 3신 중 하나인 시바신이 만들었다고 전해져 오기 때문이다. 이러한 종교적 문화 때문에 갠지스강의 아침 모습은 어떤 나라에서도 볼 수 없는 풍경을 보여 준다. 남녀노소 할 것 없이 속옷만 입고 강에 들어가 목욕을 하는데 그 이유는 자신의 업을 씻어 내기 위함이다. 또한 저녁이 되면 갠지스강에서 많은 사람들이 아르띠 뿌자라는 의식을 치르는 걸 볼 수 있다. 이 의식은 시바신에게 바치는 제례 의식 행사로 사제를 중심으로 많은 힌두인들이 참여한다. 이렇듯 아침, 저녁으로 많은 힌두인들이 갠지스강을 찾지만 여행객들이 갠지스강을 찾는 제일 큰 이유는 24시간 꺼지지 않는 불꽃 때문일 것이다.

  힌두교에서는 죽음을 맞이하였을 때 24시간 안에 화장하고 갠지스강에 뿌려지게 되면 환생하지 않는다고 믿는다. 참고로 이들에게 해탈은 고통 가득한 이 세상에 다시 태어나지 않는 것이다. 이로 인해 죽음을 앞둔 힌두교인들 중 돈이 많은 사람들은 바라나시에 집을 지어 살고 돈이 없는 자들은 수련원 같은 곳에 들어가 갠지스강 근처에서 죽음을 맞이하려고 한다.

  화장하는 과정은 이렇다.

  살아생전의 업을 씻기 위해 화장하기 전 천에 감싼 망자를 갠지스강에 담근다.

  그 후 시체 태울 장작을 구매하는데 부유한 자들은 장작이 넉넉해 시체를 잘 태울 수 있지만 가난한 자들은 장작이 부족하여 시체가 전부 타지 않는다.

시체를 태우고 남은 재와 신체는 갠지스강에 던진다.

참고로 눈물을 흘리면 안 되어 대부분 남자들만 참여해 화장이 이루어지고 7세 이하의 어린이, 임신한 여자, 뱀에 물려 죽은 사람, 수행자, 동물의 경우 화장하지 않고 수장한다. 그래서 갠지스강을 여름에 찾게 된다면 뜨거운 온도 때문에 수장된 몇몇 시체들이 팽창돼 물 위로 떠오른다고 한다.

하루는 화장하는 모습을 그냥 멍하니 쳐다본 적이 있었다. 눈으로 화장하는 모습을 보고 코로는 시체 타는 냄새를 맡고 귀로는 현장의 소리를 듣고 있으니 생전 느껴 보지 못한 감정이 가슴을 먹먹하게 만들었다.

살아생전 어떠한 인생을 살았더라도 모두가 공평하게 한 줌의 흙으로 되돌아가는 장면.

매일같이 화장이 이루어지지만 별다를 것 없이 삶을 살아가는 사람들.

삶과 죽음이 공존하는 갠지스강.

죽음 앞에 모두가 공평하다는 것을 깨닫고 이날을 계기로 죽음이 두렵지 않은 삶을 살기로 마음먹었다.

생선 가시를 발라 준
키르기스스탄 숙소 매니저

가시를 발라 준 그녀가 궁금하다면? ————————————

정은 과연 말로 표현할 수 있는 그런 단어일까요?

사실 한국에 있으면서 정에 대해 깊게 생각해 본 적은 없었다.

나도 느껴 본 적 없지만 핸드폰과 인터넷 발달이 안 된 시절에(드라마 응답하라 시리즈를 보면 간접적으로 느낄 수 있다) 옆집 숟가락이 몇 개인지 알며 반찬도 나눠 먹고 서로 왕래가 잦아 정이 오갔다고 한다. 하지만 디지털이 발달하고 많은 아파트가 들어선 지금 아래층과 층간 소음으로 안 싸우면 다행인 상황이 됐다. 그렇게 정은 초코파이에 적혀 있는 것으로 생각하고 세계여행을 떠났지만 키르기스스탄에서 정이라는 걸 느꼈다.

한 날은 호스텔 거실에서 영상 편집을 하고 있으니 매니저
가 옆으로 다가왔다. 그녀의 손에는 봉지가 있었고 봉지 안
에서 생선 두 마리를 꺼내 도마 위에 올려놓으면서 하는 말.

"너 생선 좋아해?"

생전 처음 보는 비주얼에 말문이 막혀 있자 칼을 들고 와
먹기 좋게 썰더니 가시 바른 생선 하나를 내게 건네줬다. 어
떠한 생선이냐 물어보자 훈제 생선이라고 답했다. 훈제 생선
은 연어 말고 들어 본 적이 없었고 훈제 연어는 살로 이루어
졌지만 키르기스스탄의 훈제 생선은 내장만 제거한 생선 본
연의 모습이었다. 거부감이 들었지만 가시를 일일이 발라 준
정성과 현지 음식은 전부 시도해 보자는 생각을 갖고 있었기
에 먹었다. 식감은 젤리 같았고 맛은 바닷물을 씹어 먹는 것
처럼 아주 짜게 느껴져 하나만 먹고 그만 먹으려 했지만 잘
먹는 것처럼 보였는지 나머지 생선도 썰어 내게 건네줬다.
　굳이 생선을 주지 않아도 됐고 가시를 발라 주지 않아도
됐지만 매니저의 행동은 나를 편안하고 재밌게 만들어 줬다.
　다른 날에는 저녁을 먹기 위해 구글맵에서 평점 좋은 현지

식당을 찾아갔다. 식당에 도착하여 주문하기 위해 종업원을 불렀지만 키르기스스탄은 러시아어를 사용해 언어가 통하지 않았고 번역기도 되지 않아 보디랭귀지를 사용해 음식을 시켰다. 어떠한 음식인지 제대로 알지 못한 채 시켰지만 성공적인 주문이었고 밥을 다 먹은 뒤 계산대로 향했다. 계산대 바로 옆 테이블에서 사장님은 저녁을 먹고 있었고 어떤 음식을 먹나 궁금하여 쳐다보니 갑자기 숟가락 하나를 더 꺼내시고는 손 안 댄 곳을 떠서 먹여 줬다. 맛있다고 엄지 척을 선사하니 사장님은 앉아서 더 먹고 가라며 의자를 빼 주었다. 하지만 이미 배가 부른 상태였기에 고맙다는 인사와 함께 계산을 마치고 식당을 나왔다.

호스텔로 가는 길.

영하의 추운 날이었지만 사장님의 따뜻한 마음으로 인해 몸도 따뜻해지는 기분이었다.

말로 표현하기 힘든 정이라는 단어.

나는 이렇게 정의 내리기로 했다.

굳이 하지 않아도 되지만 나의 행동으로 인해 타인의 마음이 편안하고 따뜻해지는 것.

그것이 바로 정 아닐까?

위험한 만큼 재밌었던
메스티아 스키장

설산의 풍경이 궁금하다면? ——————

위험을 피해 갈 수 있을 때
마냥 피해만 가는 사람인가요?

세계여행 162일 차 조지아 메스티아에 있다.

메스티아는 여름에 트레킹이 겨울에는 스키가 유명한 곳이다. 내가 갔던 계절은 겨울이었지만 트레킹을 할 수 있을 거라 생각했다. 하지만 눈앞에 펼쳐진 풍경은 마치 겨울 왕국을 보는 듯했다. 일말의 가능성을 갖고 투어사 및 식당, 호스텔 등등 현지인들에게 트레킹이 가능하냐 물어보았지만 돌아오는 대답은 이러했다.

"장비를 착용하면 갈 수 있겠지만 추천하지 않는다."

 가지 말라는 거를 돌려 말한 것 같았지만 죽이 되든 밥이 되든 일단 가야 후회가 안 될 것 같아 트레킹에 나섰다. 트레킹을 나선 지 얼마나 지났을까 현지인들이 추천하지 않은 이유를 깨닫게 됐다. 눈이 많이 쌓여 한번 빠지면 허리까지 파묻혔고 어느 순간 주변을 보니 길이 눈으로 가려져 비탈길만 나오기 시작했다. 정상까지 얼마 남지 않았지만 비탈길에서 넘어지면 다치거나 생명에 지장이 있을 것 같아 결국 트레킹을 포기한 채 호스텔로 돌아갔다.

 추운 날씨였기에 라면을 먹기 위해 주방에 들어갔고 거기에는 러시아, 우크라이나 피가 섞인 혼혈 친구가 있었다. 영어 실력이 비슷해 말이 잘 통했고(아기들이 서로 의사소통이 잘되듯이 영어 실력이 비슷하면 말이 잘 통한다) 서로 각자의 음식을 나눠 먹었다. 친구는 보드를 타기 위해 메스티아에 왔다고 얘기했다. 나도 트레킹은 더 이상 못할 것 같아 친구 따라 스키장에 가기로 했다.

 다음 날 날이 밝자마자 렌털 숍에 들렸고 친구는 보드를 나는 스키를 빌려 스키장으로 향했다. 참고로 스키를 전문적으로 배운 적은 없고 군대에서 배운 게 끝이다. 하지만 운동

신경이 있어서 어느 정도(중급자) 탈 수 있는 수준은 된다. 리프트를 타고 올라가는 길, 눈앞에 펼쳐진 풍경은 입을 떡하니 벌리게 만들었다. 새하얀 눈과 큰 나무들 그리고 그 사이를 가로질러 올라가는 리프트는 게임 속 한 장면이라 해도 믿을 만한 순간이었다. 정상에 올라서니 코스는 한 가지뿐이었고 코스 수준은 상급자를 위한 급경사 코스였다. 경사 때문에 리프트를 타고 내려가자니 친구한테 체면이 안 살고 그냥 타고 내려가자니 발걸음이 떼지지 않았다. 고민하며 눈치 보고 있는 나에게 친구가 건넨 말.

"나 먼저 간다, 밑에서 봐."

친구가 출발하는 모습을 보니 '죽기야 하겠어?'라는 생각이 들었고 리프트를 뒤로한 채 내려가기 시작했다. 속도를 제어하며 천천히 내려가니 넘어지지 않았고 리프트 타는 곳까지 안전하게 도착했다. 한국에서 볼 수 없는 설산을 보며 스키 타는 것은 즐거웠지만 코스가 하나뿐이라 슬슬 지루해져 갔다. 이때 친구가 제안을 했다.

"델타! 산속으로 가 볼래? 여기 코스보다 훨씬 재밌고 풍경도 더 좋아."

이 말을 듣고 머릿속에 두 가지 인격체가 나왔다.

도전형: 그래, 이번에도 죽기야 하겠어?
안전형: 상급자만큼 타지도 못하는데 다치게 되면 바로 한국
       복귀야.

고민하고 있는 나에게 일침을 날리는 친구.

"Hey, Delta! high risk, high fun."

번역하자면 위험이 높을수록 재미도 높아진다는 말이다.
(남자가 빨리 죽는 이유)
친구의 말을 듣고 고민하다 나온 한마디.

"Let's go!"

산속 초입부에 들어서니 기존 코스에 있던 눈처럼 단단한 눈이 아닌 푹푹 빠지는 눈이라 컨트롤이 힘들어 엉덩방아를 찍기 시작했다. 또한 정해진 코스가 아니다 보니 안전 그물망도 없었고 바로 옆에 있는 비탈길로 떨어지면 이번 생을 마감할 거 같았다. 한 번은 180도 회전을 했어야 했는데 120도 정도 밖에 못 꺾어 황천길로 갈 뻔했다. 여기저기 위험이 도사렸지만 산속에서 탄 스키는 기존 코스에서 느낄 수 없는 짜릿한 기분을 주었고 크고 길쭉한 나무 사이를 지나가며 본 풍경은 잊지 못할 장관이었다. 친구의 말대로 위험한 만큼 재미도 있는 순간이었다.

인생의 도전도 똑같다고 본다.

크게 도약을 하고 싶으면 더 큰 위험을 안고 뛰어야 한다.

하지만 빠르고 역동적이고 안전성이 없는 스포츠를 두려워하듯이 위험을 안고 무언가를 해야 한다는 것에 도전조차 하지 않는다.

위험이 있다는 것.

더 크게 성장할 수 있다는 것.

튀르키예 형제를
웃게 만든 긍정의 힘

튀르키예 집밥이 궁금하다면? ─────────────

당신은 긍정적인 사람입니까?
또는 긍정적인 사람을 좋아합니까?

나를 아는 사람이라면 내가 긍정적인 사람이란 것을 알 것이다. 가끔은 긍정을 넘어서 낙천적이고 마냥 웃기만 하는 사람으로 인식할 때도 있다. 내가 가지고 있는 긍정과 낙천 그리고 웃음은 언어와 상관없이 세계에서도 통한다는 것을 여행하면서 알게 됐다.

때는 라오스에서 육로로 국경을 넘어 태국 방콕으로 이동하기 위해 버스를 기다리던 중이었다. 버스 출발 5분 전 한 외국인 친구가 급하게 뛰어와서 버스 티켓을 사려고 했다.

태국 돈이 없었던 친구는 달러는 안 되냐며 물어보았지만 무조건 태국 돈만 받는다며 대차게 거절당했다. 태국 돈이 남아 있었던 나는 친구의 버스비를 대신 내 줬고 방콕에 도착하면 받기로 약속했다. 우리는 방콕 가는 내내 대화를 나눴고 친구는 튀르키예 출신이며 나와 똑같이 세계여행을 하고 있다는 것을 알게 됐다. 잠깐의 만남에도 친해진 우리는 인스타그램도 주고받으며 서로의 나라에 가게 된다면 연락하기로 했다.

그렇게 시간이 흘러 나는 튀르키예를 땅을 밟았지만 지진으로 인해 원래 생각했던 계획에서 벗어나 급하게 이스탄불로 향했다. 급하게 갔던지라 친구한테 실례가 될까 봐 연락을 안 했다. 하지만 나의 SNS를 본 친구는 이스탄불에 왔는데 왜 연락을 안 했냐면서 서운해했고 다음 날 자신의 집에 초대했다. 참고로 친구는 아직 세계여행 중이라 집에 없었고 부모님과 남동생한테 한국 친구가 집에 간다고 말을 해 놓았다고 했다. 친구 없는 친구 집에 가기 위해 한 손에는 사과를 다른 한 손에는 딸기를 사 들고 향했다. 집에 도착하니 주방에서 음식을 조리하고 계시는 어머님과 날 따뜻하게 맞아 주는 아버님 그리고 유쾌한 남동생이 있었다. 나를 포함한 모든 가족이 식탁에 앉아 어머님이 해 주신 밥을 맛있게 먹으며 저녁 식사를 즐겼다. 밥이 너무 맛있었고 애당초 밥을 많이 먹어서 어머님께 한 그릇 더 달라고 부탁하였는데 이 세상 어딜 가나 더 달라고 하면 고봉밥을 주는 것은 만국 공통인가 보다.

맛있는 저녁 식사가 끝나고 춤에 관심이 많아 탱고 학원에 다니는 남동생이 같이 춤을 추러 가자고 제안했다. 학원까지 오토바이를 타고 가는데 내 옷차림이 추워 보였는지 외투를 줬지만 너무 꽉 끼어 사이즈가 넉넉한 아버님 옷을 빌려 입고 집을 나섰다. 생전 처음 타 보는 레이싱용 오토바이는 생각 이상으로 빨랐고 스릴 넘쳤다. 그렇게 도착한 탱고 학원, 동생의 도움을 받아 나는 무료로 들어갈 수 있었고 살면서 처음으로 탱고 춤을 춰봤다. 모든 일정이 끝나고 집에 들어가기 전 오토바이를 주차하고 맥주 한잔하며 동생과 이런저런 얘기를 나누면서 집으로 향했다. 집에 거의 도착했을 때쯤 동생이 내게 이런 말을 했다.

"너랑 있으니까 나도 모르게 기분이 좋아져, 너의 웃음과

긍정적인 생각 때문에 그런 거 같아. 삶이 지루할 때면 네가
생각날 듯해."

둘 다 영어를 잘하지 못해 완벽한 의사소통은 안 됐지만
나의 웃음과 긍정적인 사고가 동생에게 전달됐던 거 같다.

처음 보는 이에게 내가 가진 긍정의 힘을 전달할 때 필요
한 건 다정한 인사인 것 같다.

모르는 사람에게 웃으며 인사한다는 것(길 가다가 반대편에서
오는 그런 사람을 말하는 게 아니다). 문방구 사장님, 편의점 아르
바이트생, 아파트 주민분들, 식당 아주머니, 택배 배달원 등
등 살면서 우리가 마주칠 수 있는 사람들, 하지만 처음 보는
사람들을 말하는 것이다. 내가 먼저 웃으며 인사를 건네는
게 처음에는 쉽지 않을 수 있다. 내향적인 사람이라면 더욱
힘들 수 있지만 처음 한 번이 힘들지 그 한 번의 시도가 두
번, 세 번, 네 번이 되면서 아무 일도 아닌 것처럼 인사를 건
네는 당신을 볼 수 있다.

나의 경험담으로 말하자면 밝게 인사를 잘했을 뿐인데 식
당 아주머니가 계란 프라이를 무료로 줬고 자주 가는 문방구

사장님은 볼펜 및 필기구를 서비스로 주었다. 또한 아파트 주민분들은 서로의 안부를 묻기 시작하며 침묵으로 일관됐던 엘리베이터가 대화의 장소로 바뀌는 것을 볼 수 있었다.

뭘 바라고 인사한 것은 아니다. 그저 웃으며 살갑게 인사를 하고 싶었을 뿐.

웃어라. 그리고 긍정적인 사고를 가져라. 너로 인해 주변의 분위기가 바뀌고 너의 웃음으로 다른 사람 또한 웃을 수 있을 것이다.

이런 말도 있지 않은가.

"웃는 얼굴에 침 못 뱉는다."

웃음과 긍정은 주변을 바꿀 수 있다.

비싼 악기가 많은
튀르키예 악기점

1년간 내가 좋아해서
제일 많이 찾은 장소는 어디인가요?

　세계여행 168일 차 조지아에서 튀르키예 이스탄불로 버스를 타고 넘어왔다.

　20시간의 이동으로 지쳐 호스텔 체크인 후 쉬려고 했지만 체크인 시간이 되지 않았다. 그래서 짐만 놓고 식당에서 밥을 먹은 뒤 동네를 둘러보다가 체크인 시간에 맞춰 다시 호스텔로 향했다. 방에 들어가니 한국인 남성분이 있었다. 먼 타국에서 한국인을 마주친 반가움에 이런저런 얘기를 나눴고 간단한 자기소개를 통해 스무 살이라는 걸 알게 됐다. 스무 살에 혼자 여행 왔다는 것이 대단했고 얘기 코드가 잘 맞았던지라 동행을 하기로 했다.

한 날은 동생과 밥을 먹고 길거리 구경을 하던 중 악기 파는 곳이 여러 군데 보였고 동생은 피아노를 보고 내게 말을 건넸다.

"형, 여기 들어가 보면 안 돼?"

참고로 동생은 실용음악과를 가고 싶어 해 악기와 음악에 관심이 많다. 매장에 들어간 후 피아노를 치고 싶다는 동생은 사장님께 쳐도 되냐 물어봤고 사장님은 흔쾌히 허락했다. 하지만 얼마 못 가 사장님에게 전화가 걸려 와 동생의 연주는 막을 내렸다. 악기점을 나와 길을 걷던 중 동생이 이런 말을 했다.

"저기 가니까 나도 모르게 마음이 편안해져."

마음속에서 우러나오는 소리 같았다. 악기점이 처음이었던 나는 어떤 악기가 제일 비싼지 찾기 바빴지만 동생이 악

기점에서 느낀 분위기는 완전히 다른 듯했다. 다음 날 저녁
을 먹을 때 생각이 많아 보이는 표정으로 동생이 내게 이런
질문을 했다.

"정말 내가 음악을 좋아하는 게 맞는 건가? 그저 여태 한
게 음악이라 실용음악과를 가야 한다고 생각하는 건 아닌
지……."

나는 이렇게 답했다.

"어제 악기점 갔을 때 마음이 편안해진다고 했잖아, 잘 생
각해 봐. 그게 뭘 의미하는 건지."

동생은 잠시 생각에 빠지더니 입을 열었다.

"맞네, 나 음악 좋아서 하는 거네."

사람은 살아가면서 자기가 좋아하는 장소를 찾아가게 된다.
하지만 장소가 주는 분위기는 사람마다 다르게 느끼기에

남들이 어떤 장소를 찾든 이해해야 한다(도박장이나 불법이 난무한 곳은 예외다).

나의 생기를 되찾아 주는 장소.

남들이 뭐라 하든 나를 위해 그 장소를 잊지 말자.

호객꾼으로 의심되는
이스탄불 식당 직원

사장님과의 데이트가 궁금하다면? ────────

⌢⌢。

낯선 것에 대한 경계심을 얼마나 품고 있나요?

　한국에 있으면서 크게 신경 쓰지 않은 것 중 하나는 경계심이었다. 같은 언어와 문화, 익숙한 풍경과 음식 등등 모든 것이 익숙했기에 경계할 필요가 없었다. 하지만 세계여행을 하는 지금은 경계심을 갖고 생활하고 있다. 다른 문화, 한국인과 다른 얼굴, 통하지 않는 언어 등등 나라의 고유성을 보여 주는 건 신경 쓰지 않지만 외국인 상대로 호객 행위 및 소매치기하는 사람들 때문에 경계심을 갖고 있는 것이다.

　경계심을 가지고 여행하면 호객하는 사람들로부터 사기를 안 당할 수 있고 소매치기 예방 등등 여러 가지 방면으로 좋은 면이 있다. 하지만 항상 경계심을 가지고 여행을 하다 보

면 선의를 가지고 접근하는 사람들에게 상처를 줄 수 있고
좋은 경험의 기회를 놓치게 되는 경우도 있다.

터키 이스탄불을 여행할 때 이야기다.

숙소가 바다 근처인지라 주변에 레스토랑이 즐비하게 늘
어져 있었다. 며칠간 같은 골목을 지나가면서 느낀 건 어느
레스토랑이든 메뉴판을 들이밀며 손님을 잡기 위해 호객 행
위를 한다는 것이었다. 한 날은 평소 지나다니던 골목이 아
닌 옆 골목을 통해 바닷가로 걸어가고 있었다. 옆 골목에 있
는 레스토랑도 별반 다를 것 없이 직원들의 호객 행위는 끊
이지 않았다. 호객 행위를 쳐다도 안 보고 골목을 빠져나가
던 중 한 식당의 직원이 메뉴판도 없이 접근하여 다짜고짜
어디서 왔냐고 물어봤다. 평소 같았으면 지나쳤을 건데 그
날따라 답을 해 주고 싶었고 발걸음을 멈춰 한국에서 왔다고
얘기했다.

식당 직원은 한국에서 왔다는 소리에 한국인 친구가 있다
며 반가워했고 티 한잔하며 얘기하자기에 못 이기는 척 자리
에 앉았다. 이때까지만 해도 '티는 내가 주문한 게 아니니까
티 값 내라고 하면 나는 못 내.'라는 생각을 갖고 있었다. 하지

만 알고 보니 직원이 아닌 가게 사장님이었고 얘기를 나눠 보니 정말 순수하게 사람을 좋아해 새로운 친구와 놀고 싶었을 뿐, 사기랑 거리가 먼 사람이었다. 그렇게 2시간 동안 시간 가는 줄 모르고 얘기를 나눴지만 사장님은 아쉬웠는지 다음 날 아침부터 저녁까지 데이트를 제안했다. 때마침 저녁에 버스 타고 이동만 하는 날이라 스케줄이 없어 흔쾌히 수락했다.

다음 날 아침 호스텔 체크아웃을 마치고 사장님 가게에서 밥을 먹는 도중 직원이 액자 하나를 들고 나왔다. 액자 한쪽에는 〈아일라〉 그림과(6.25전쟁을 배경으로 한 영화, 튀르키예군이 전쟁고아가 된 한국 소녀를 보살펴 주는 내용) 다른 한쪽에는 튀르키예에 강진이 일어났을 때 파견된 한국 소방관이 튀르키예 아이를 구조하는 그림이 그려져 있었다.
사장님은 액자를 가리키며 말했다.

"한국과 터키는 형제다."

아침을 다 먹은 뒤 사장님이 준비한 코스대로 데이트를 하러 갔다. 첫 시작은 오토바이를 타고 이스탄불 시내를 여기저기 둘러보았고 다음 코스는 영상 8도의 조금 추운 날씨였지만 바다 수영을 즐겨 하는 사장님을 위해 바다로 뛰어들었다. 지나가는 이들은 우릴 미친놈 보듯 쳐다보았지만 신경 쓰지 않고 무아지경 수영을 했고 차가워진 몸을 녹이려 하맘(튀르키예 사우나)으로 향했다. 하맘에는 한국처럼 때 밀어 주는 문화가 있어 경험해 보고 싶었는데 현지인과 함께 가는 좋은 기회가 생긴 것이다.

그렇게 도착한 하맘은 한국 사우나와 크게 다를 게 없었지만 옷을 벗을 때 개인 방을 이용해야 했고 사우나에 들어가기 전 수건을 둘러 생식기 부분을 가려야 했다. 때밀이 문화는 한국과는 다른 느낌이었다. 때를 미는 것이 아닌 토닥토닥해 주는 느낌이 강했고 샤워타월에 비누를 묻혀 거칠게 몸을 닦아 주고 레슬링을 하듯 마사지를 해 주는 것이었다.

이때도 몸에 두른 수건은 벗지 않는다.

나름 신선했던 하맘 경험이 끝나니 해는 어느덧 들어가기 시작했고 저녁을 먹기 위해 사장님 가게로 돌아갔다. 사장님은 먹고 싶은 걸 시켜도 된다 했고 그렇게 내가 시킨 메뉴와 사장님이 준비한 음식들로 배부른 만찬을 즐겼다. 버스 시간이 다가와 고맙다는 인사와 함께 가려고 하자 자신의 밴을 이용해 데려다주겠다 하여 편하게 정류장까지 갈 수 있었다.
참고로 이날 데이트할 때 돈을 내려고 하자 사장님이 이렇게
말했다.

"너는 내 손님이니 비용은 걱정하지 마라."

경계심을 가지고 그냥 지나쳤다면 이런 경험을 할 수 있었
을까?

전에 일어났던 일들로 경계심이 강해질 수 있지만 그 경계
심으로 인해 앞으로 다가올 선한 영향력까지 밀어내는 상황
이 생길 수도 있습니다.
'전에도 그랬으니까.'라는 생각으로 경계하지 말고 어떻게 접근
했든 일단 맞이해 보세요.
그 후에 판단해도 늦지 않을 겁니다.

모스타르에서 만난
미국 아버지의 일침

타인의 말을 듣고 머리가 띵해진 적이 있으신가요?

지금 나는 보스니아 모스타르를 여행하고 있다.

호스텔은 6인실이지만 아무도 체크인을 하지 않아 마음 편하게 잠을 청했고 날이 밝아 점심을 먹고 오니 아버지뻘 되는 외국인이 들어왔다. 우린 가볍게 인사를 나눴고 나는 방을 나와 마당에서 영상 편집을 하기 시작했다. 편집을 시작한 지 얼마나 지났을까 외국인도 화창한 햇살을 받기 위해 방에서 나와 내 맞은편에 앉았다. 편집 도중 머리 좀 식힐 겸 예능 프로그램을 보고 있으니 외국인이 말을 건넸다.

"한국에서 왔어?"

그러고는 "안녕하세요.", "좋아해.", "주세요." 등등 간단한 인사말과 감정 표현을 한국말로 내뱉기 시작했다. 신기한 나머지 어떻게 한국말을 할 줄 아냐고 물어보니 96년도부터 5년간 한국에서 일을 했고 그때는 어느 정도 한국말을 했지만 지금은 거의 잊어버린 상태라고 했다. 알고 보니 그는 중국, 대만, 태국 등 여러 국가에서 영어 선생님으로 일했고 수많은 국가를 무려 35년 전부터 혼자 여행하고 있었다. 참고로 그의 이름은 마이크, 필라델피아(미국) 출신이시고 63세이다.

여행이라는 공통부분이 있어 우린 시간 가는 줄 모르고 대화를 나눴고 대화 속에서 내 머리를 띵하게 만든 두 가지를 말해 보려고 한다.

"지금 무슨 일 하고 있어?"

마이크가 내게 물었다.

"군대 전역 후 세계여행 하는 중이야."

이 말을 들은 마이크는 또 한 번 물었다.

"여행 끝나고 한국에 돌아가면 무슨 일 하고 싶어?"

내 대답은 이러했다.

"먼저 책 집필하고 그 이후에 군 복무했던 것을 살려 소방

관이나 경찰을 할 수도 있고 사업을 할 수도 있어. 아직 정하
진 않았지만 추구하는 방향은 많은 걸 경험해 보고 싶다는
거야."

내 말이 끝난 뒤 마이크가 말하길.

"삶에서 갈 수 있는 길은 다양하니 많은 걸 경험하고 싶어
하는 건 좋은 생각이야."

나는 전적으로 동의하며 고개를 끄덕였고 다시 말문을 연
마이크는 미국인들의 삶에 대해 얘기해 줬다. 그가 말하는
미국인들의 삶은 현실에 안주하기 바빠 새로운 시도를 무서
워하고 실패하는 걸 두려워한다는 것이었다. 한국인들도 대
부분 그러하다는 생각에 또 한 번 고개를 끄덕였다.

대부분의 한국 사람들은 자기가 배운 것에 대해서만 일을
하고 새로운 걸 해 보려 하지 않는다. 사는 데 큰 문제가 없
기에 굳이 위험을 감수하면서까지 시도하지 않는다는 것이
다. 현실에 안주하는 삶을 살면 안정된 삶을 살 수 있겠지만
딱 거기까지. 결국에는 사회가 주어진 틀 안에서 살고 그 이
상으로 올라갈 수 없다고 판단한다.

예를 들어 보겠다.

9급 공무원이 엄청난 성과를 꾸준히 올린다고 한들 1~2년 안에 6급이 될 수 있는 것도 아니고 월급이 더 오르는 것도 아니다(공무원을 비하하려는 것이 아니다. 그저 예시로 들었을 뿐 나 또한 공무원이었다).

내가 세계여행을 하는 이유도 물 흘러가듯 살고 싶지 않고 새로운 걸 시도하며 다른 나라 사람들은 어떻게 살아가는지 보고 느끼며 안목을 넓히려고 떠나온 것이다(참고로 안정적인 삶을 추구하는 사람들도 존경한다. 각자 추구하는 삶의 방향이 다를 뿐).

마이크의 삶을 바라보는 태도가 내 머리를 띵하게 만들었다.

머리를 띵하게 만든 두 번째 이유다.

35년 전부터 지금까지 틈틈이 세계여행을 하고 있는 마이크에게 어느 나라가 제일 좋았냐고 물었다. 내가 예상했던 대답은 특정한 나라의 음식이 맛있었고 자연이 이뻤고 문화가 독특했다 등등 어떤 특정한 것 때문에 좋았다는 대답이었다. 하지만 그의 입에서 나온 생각 외의 대답.

"모든 나라가 다 좋았어, 각 나라에서 겪은 경험들과 새로운 문화들 그것들이 날 한층 더 성장시키게 만들어서 모든 나라들이 다 좋아."

머리를 한 대 맞은 기분이었다.

나는 '여러 나라를 여행하면서 보고 느끼고 경험하고 있으니 성장하고 있을 거야.'라고 생각만 했고 어떤 나라가 좋냐는 질문에는 눈에 보이는 것만 말했을 뿐 내면의 배움과 깨달음은 완전히 배제하고 있었다. 이런 나에게 마이크의 말은 또 한 번 머리를 띵하게 만들었다. 이렇듯 타인을 만나 얘기를 나누다 보면 생각하지 못했던 것을 듣고 머리가 띵 해지는 경험을 할 수 있다. 그리고 이러한 타인으로 인해 나를 되돌아볼 수 있다.

타인으로 인해 깨달음을 얻는 순간이 있을 겁니다.
나이가 많거나 어리다고 성별이 다르다고 국적이 다르다고 편견을 가지지 마세요.
들어 보고 생각해도 늦지 않습니다.

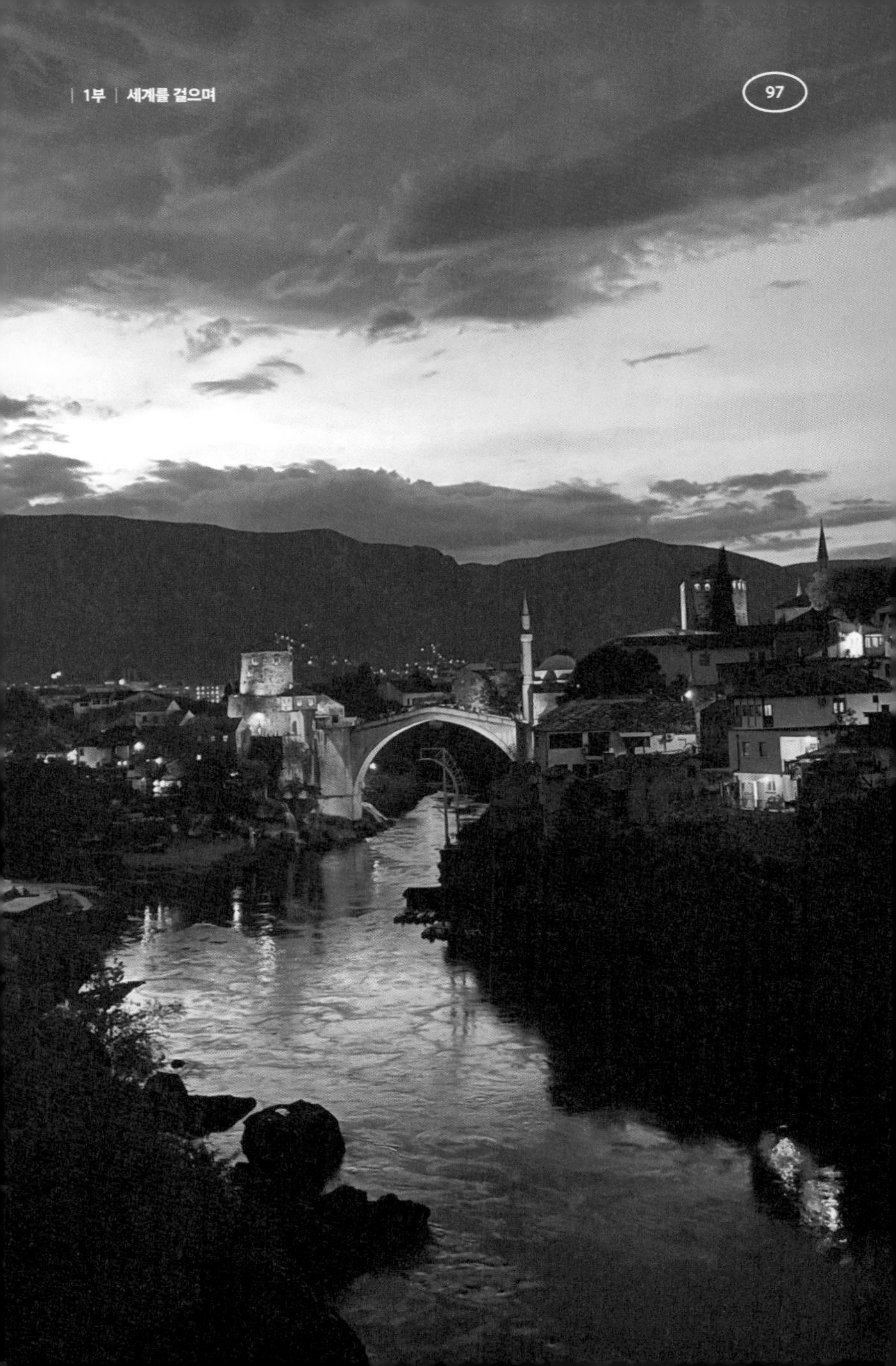

포르투갈에서 마주한
객관식, 주관식 문제

모루 정원 야경이 궁금하다면? ────────────

객관식 문제와 주관식 문제 중
어떤 걸 선호하시나요?

포르투갈 포르투에서 저녁밥을 먹고 모루 정원에서 야경을 보기 위해 한국인 동행들을 만난 적이 있다. 저녁밥으로는 프란세지냐(포르투갈 전통 음식)를 먹었고 밥을 먹으며 간단히 자기소개했다. 동행 중에는 김동언이라는 이름을 가진 사람이 있었고 듣자마자 절대 잊을 수 없었다. 동원이란 이름은 많지만 동언이라는 이름은 살면서 두 번째로 들었고 첫 번째는 바로 우리 아버지 성함이기 때문이다.

밥을 다 먹고 야경을 보러 가기 전 술이 빠질 수 없어(알코올 중독 아닙니다) 와인과 약간의 주전부리를 사서 모루 정원으로 향했다. 이쁘다고 유명해서 그런지 해 지기 1시간 전인데도 사람들이 바글바글했고 빈 공간에 앉아 와인을 마시며 얘기를 하다 보니 일몰을 마주하게 됐다. 명성대로 일몰은 이뻤고 낭만 넘치는 배경을 안주 삼아 와인을 먹으며 여행 오기 전 어떤 일을 했는지 대화를 나눴고 자연스레 자신이 살아온 길에 대해서도 이야기했다.

고등학교 졸업 후 군대에 간 것과 군대 전역 후 세계여행을 하는 지금 그리고 앞으로 많은 것을 경험하고 싶다는 나를 보며 동언이 형은 이렇게 말했다.

"너의 인생은 객관식이 아니고 주관식이네."

'뭐지?'라는 생각과 어떤 말인지 이해가 안 된다는 표정으로 쳐다보자 동언이 형이 입을 다시 열었다.

"나는 객관식으로 삶을 살아왔거든 고등학교 졸업 후 대학에 갔고 대학 졸업 후 취업해서 일을 하고 있어. 물론 원해서 선택한 거지만 혹여 원했던 선택지가 안 될지라도 다른 걸 선택할 수 있었거든."

뒤이어 말하길.

"원하는 대학에 떨어지더라도 다른 대학을 선택할 수 있었고 원하는 회사에 취업이 안 되더라도 다른 회사에 취업할 수 있었던 것처럼 다른 선택지가 있었는데 너는 선택지를 스스로 만들어 가고 있네."

동언이 형이 말하고자 하는 객관식 삶에 대해 조금 더 얘기를 해 보자면 고등학교 졸업 후 대학에 진학하면서부터 나타나는 것 같다. 원하는 대학교와 과를 가는 사람들도 있지만 그러지 못한 사람들도 있다. 그러면 성적에 맞추어 대학교를 선택하게 되고(만약 특성화고라 대학에 진학하지 않는다면 성적에 맞추어 가고 싶은 직장을 선택하게 된다) 졸업을 하게 되면 자신이 나온 과를 살려 취업을 준비하게 된다. 이때 하나의 회사가 아닌 여러 개의 회사가 눈에 들어올 것이고 본인이 원하는 곳에 지원을 하지만 떨어진다 한들 다른 곳에 지원할 수 있다. 답을 몰라도 찍을 수 있다는 것이다.

살다 보면 객관식과 주관식 문제에 직면하게 되는데 제일 흔하게는 시험에서 볼 수 있다. 둘 다 문제를 풀어야 하는 공통점을 지니고 있지만 다른 점은 객관식은 답을 몰라도 찍을 수 있고 주관식은 내가 가진 생각대로 문제를 풀어야 하므로 찍을 수 없다.

그렇기에 객관식보다 주관식이 점수가 높고 문제를 풀었을 때 성취감을 더 느낄 수 있다.

삶에서도 똑같이 작용한다고 본다.

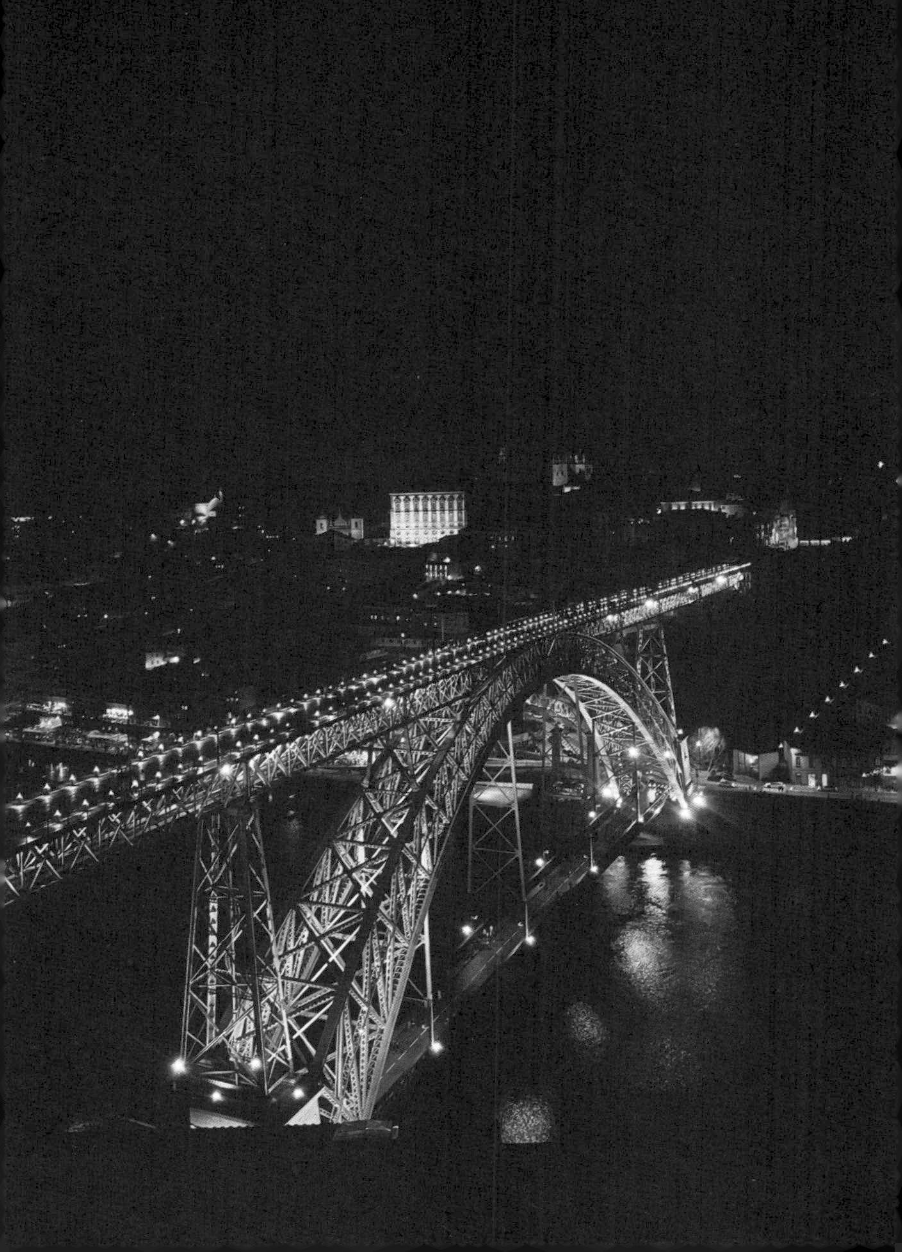

기피하다 결국
마주한 문제

4일 동안 편집만 한 후 제일 먼저 간 곳이 궁금하다면? ————

어떠한 일을 해 보지도 않고 못 한다고
단정 지은 적이 있나요?

세계여행을 떠나겠다고 결심하며 새롭게 도전한 일이 있었다. 그건 바로 여행하는 일상을 촬영하고 편집해서 영상으로 남겨 놓는 일이다. 촬영과 영상 편집을 위해 촬영 장비는 어떤 것이 좋은지 편집 앱은 어떤 것을 쓰는지 알아봤다. 카메라는 보편적으로 고프로를 많이 사용해서 당근 마켓을 통해 구매했고 편집 앱은 사용하는 기기에 따라 다르다는 것을 알게 됐다.

'프리미어 프로'는 노트북에서만 가능하고 전문자들이 사용하는 것이라 세부적인 효과가 많다.

'VLLO'는 아이패드 및 핸드폰으로 가능하며 상대적으로 초보자도 어렵지 않게 편집할 수 있다.

생에 처음으로 영상 편집을 하려다 보니 전문자용은 어렵고 할 수 없다고 판단되어 'VLLO'를 쓰기로 결정한 후 아이패드를 구매했다. 그때 당시 제주도에서 게스트하우스 스텝을 하고 있던 때라 연습할 겸 일상을 찍고 편집하기 시작했다. 그렇게 첫 영상을(10분) 만드는 데 3일이 걸렸다. 3일의 시간을 걸쳐 편집한 영상은 돈 주고 보라고 해도 못 봐 줄 정도로 형편없는 영상이다(유튜브에 〈델타의 여행 일지〉를 검색하면 확인할 수 있다). 하지만 사람은 적응의 동물 아니던가. 편집을 하다 보니 몸에 적응되어 실력이 나날이 발전하게 됐다.

시간은 흘러 세계여행을 떠나게 됐고 순조롭게 영상을 만들며 여행하던 중 문제가 발생하고 만다. 저장 공간이 64GB밖에 안 되는 아이패드 저장 공간이 영상을 담지 못하는 것이다. 고프로에서 아이패드로 영상을 전송해 편집하는 시스템이라 어떠한 방법을 써도 용량 문제는 해결할 수가 없었다. 애초에 영상 편집을 하는데 64GB 용량을 산 내 실수였다. 한참 고민을 하다 노트북을 사야 문제가 해결될 것으로 판단됐고 나랑 같이 여행하기 위해 한국에서 오는 형을 통해 노트북을 전달받았다. 그리고 노트북을 사기로 마음먹은 순간부터 편집에 대한 두려움이 오기 시작했다. 그 이유는 전문자용이라 엄두조차 내지 못한 프리미어 프로를 앞으로 편집할 때 사용해야 됐기 때문이다.

형과 3주간 즐겁게 여행했고 혼자가 되었을 때 편집하기 위해 노트북 열었다. 생각보다 많이 컴맹인 나는(노트북에 연결한 USB 파일을 못 찾을 정도) 차근차근 노트북 먼저 만지며 적응하기 시작했고 그 후 '프리미어 프로'를 결제했다.

영상 편집을 하기 위해 '프리미어 프로'를 열자 머릿속에서 생각나는 한 단어.

망했다.

처음 보는 화면과 번잡한 칸들 그리고 다양한 옵션들까지, 뭐부터 만져야 할지 몰랐고 그저 머리가 멍해졌지만 금방 정신 차리고 목표를 잡았다.

"너 내가 하루 안에 정복한다."

밥 먹는 시간 말고는 한자리에 계속 앉아 강의를 들으면서 공부하고 편집하기를 반복했다. 그 결과 12시간이 걸쳐 드디어 영상 하나를 완성하여 추출을 기다리고 있었으나 갑자기 오류가 뜨며 영상이 송두리째 날아갔다.

"아 ×발! ×같네!"

12시간의 고생이 사라진 것 같아 마음속에 담아 뒀던 말이 육성으로 나왔다. 기계는 맞아야 말을 듣는다고 노트북을 때리고 싶었지만 지금 이 분노로 때렸다간 부서질 것이 뻔해 차마 때리진 못했다. 머리를 정리하기 위해 30분간 산책을 했고 다시 돌아와 도움을 청하기 위해 체코에서 만난 한국 분에게('프리미어 프로'를 쓰고 있었다) 지푸라기라도 잡는 심정으로 연락했다. 다행히 연락을 받았고 현재 상황을 말하니 자동 저장된 것이 있다면서 영상 복구 방법을 알려 주어 되찾을 수 있었다.

그렇게 4일간의 시간 동안 캡슐 형태의 호스텔에서 밥 먹고 잠자는 시간 외에는 강의를 들으며 편집에 몰두했다. 전문자용이라 부가 기능이 많아 원래 목표였던 하루보다 시간이 더 걸려 4일 만에 '프리미어 프로'를 정복했다. 모든 것을 정복한 건 아니고 기본적으로 영상 편집할 때 쓰는 도구들을 정복한 것이다. 그 후 '프리미어 프로'를 쓰다 보니 기존에 썼던 'VLLO'보다 편집 속도가 빨라졌고 퀄리티 또한 좋아졌다.

결론적으로 보면 **두려워서 시도조차 못 했던 '프리미어 프로'가 나를 더 편하게 만들어 준 것이다.** 시작도 하기 전에 '어렵고 복잡하니까 나는 못 하겠지.'라고 생각했던 내가 한심해지는 순간이었다.

어렵고 복잡하고 힘들다고 쉬운 길을 선택한다면 최적의 결과를 얻지 못할 겁니다.

자기 자신을 믿고 해 보세요.

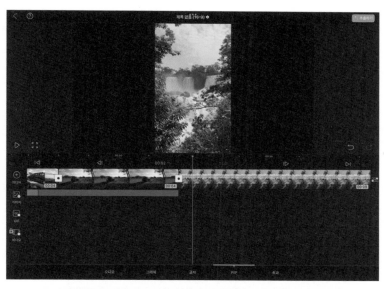

여행과 일상은 사람이다

소매치기 당한 후 반응이 궁금하다면? ———————————

당신의 주변에는 어떤 사람들이 있나요?

세계여행은 사람이라 해도 과언이 아니다.

날씨가 안 좋아 풍경을 못 보거나 유명 관광지가 공사를 해 계획했던 여행을 망칠 수도 있다. 하지만 환상적인 날씨와 계획대로 여행이 된다고 한들 다리 아프고 덥고 배고프다고 찡찡거리는 사람이 옆에 있다고 생각해 보자. 모든 것이 완벽하지만 옆에 있는 사람으로 인해 스트레스가 쌓여 여행을 망칠 것이다. 또한 기분 좋게 길을 나섰다가 소매치기를 당하거나 심한 호객을 당했을 때 좋았던 기분이 밑바닥까지 갈 수 있다. 하지만 어떤 일이 벌어지더라도 누가 옆에 있냐에 따라 기분은 달라질 수 있다.

스페인을 같이 여행하던 친한 형이 한국으로 가는 비행기를 타기 위해 지하철을 이용해 공항으로 가고 있던 때였다. 앉을 자리가 없었던지라 일어나서 가고 있었는데 맞은편에 앉아 있던 여성분이 다가왔다. 그러고는 한 손에 자기가 들고 있던 오프라인 지도를 형 앞에 펼치더니 길을 물어보기 시작했다. 나는 핸드폰을 이용해 검색해 보았지만 지하철이라 통신이 터지지 않았고 한 정거장을 갈 동안 그 여성은 계속해서 길을 물어봤다. 끝내 길을 찾지 못했고 다음 정거장에 도착했을 때 고맙다는 인사와 함께 우리의 시야에서 사라졌다. 문이 닫히고 얼마나 흘렀을까 형은 벙찐 표정으로 이렇게 말했다.

"야, 털렸다."

뒤로 메고 있었던 배낭은 문제가 없었지만 앞으로 메고 있던 슬링백의 지퍼가 열려 있는 것이었다. 다급히 소지품을 확인하니 다행히 지갑만 훔쳐 가고 여권과 휴대폰은 무사한 상태였다. 너무나 완벽했던 소매치기를 당하니 형은 이렇게 말했다.

"저 ××들 훔치는 학원 다니는 거 같네, 훔치는 거에 있어서 고수네."

3주간 무사히 여행하다가 집에 가려는 순간 지갑이 털린 형은 잠시 '멘붕'이 온 것 같았지만 금방 정신 차리고 카드를 해지했다. 그리고 할 건 해야 한다는 말과 함께 열심히 관광지 사진을 찍기 시작했고 마지막 순간까지 여행을 즐기다 웃으며 한국으로 떠났다. 만약 지갑을 도난당한 후 계속 기분이 안 좋았다면 나 또한 며칠간 여행을 잘 못 했을지도 모른다.

여행은 사람이라고 말했지만 우리의 일상에서도 기분을 좌지우지하는 것은 90~99%는 사람이라고 생각한다. 개인적인 생각이지만 사람은 절대 혼자 못 산다. 태어날 때부터 부모님이라는 존재가 있고 내가 막내라면 형 또는 누나가 있을 것이다. 또한 학교에 가면 친구와 선생님이라는 존재를 만나게 되고 성인이 되어 일을 하다 보면 회사 사람들을 만나게 된다. 이렇듯 살면서 혼자 있는 시간보다 누군가와 같이 있는 시간이 비교도 안 될 만큼 많다. 그리고 모두가 느낄 것이다. 좋은 사람들과 있고 싶어 하는 자신의 모습을.

살면서 느꼈다.

어떤 사람들이 나랑 잘 맞고 좋은 사람들인지, 물론 나의 생각이 여러분과 다를 수 있겠지만 그래도 자부할 수 있다. 지금 내 옆에 좋은 사람들만 있다는 걸.

그래서 나의 사람 보는 법을 얘기하자면 딱 세 가지다.

1. 사람의 걸음걸이

사람이 태어나서 가장 먼저 배우는 것은 걸음마인 거 같다. 처음엔 모두 아장아장 바닥을 기지만 점점 크면서 걷기 시작하고 걸음걸이는 자기의 내면적 상태에 따라 달라지기 시작한다. 성격이 내향적이라 주눅 들어 어깨와 목이 다 축 처져서 걷는 사람, 핸드폰을 하며 거북목인 상태로 걷는 사람, 자존감이 높아 허리와 가슴을 쭉 펴서 당당하게 걷는 사람, 건들거리면서 여기저기 침을 뱉으며 걷는 사람 등등.

대화를 해 보지 않았지만 그 사람의 성향을 파악할 수 있는 척도가 된다.

2. 사람의 말투

말에 대해선 여러분도 거의 다 아는 이런 속담도 있다.

"말 한마디로 천 냥 빚을 갚는다."

그만큼 우리 사회에서 말이란 뿌리 깊게 박힌 표현의 방식 중 하나다. 일상에서 떼려야 뗄 수 없는 말을 누군가는 또박 또박 자신의 생각을 잘 정리해서 조리 있게 말하고 누군가는 중간중간마다 추임새로 비속어를 섞어 말해 욕을 듣는 건지 본인의 생각을 듣는 건지 모르게 만드는 사람도 있다.

예를 들어 보겠다.

1. "오늘 일이 엄청 힘들어서 저녁에 맛있는 치킨을 먹었어."

2. "오늘 일이 존나 힘들어서 저녁에 개 맛있는 치킨을 먹었어."

어떤 게 더 듣기 편안한가?

이외에도 명령조로 말하거나 무시하는 말 등등 말투는 사람의 인성을 조금이라도 엿볼 수 있는 하나의 방법이라고 생각한다.

3. 사람의 행동

사람의 행동은 상황에 따라 여러 가지가 있다. 밥 먹을 때, 누군가를 만났을 때, 운동을 할 때 등등 몸을 움직이면 일단 행동이라고 볼 수 있다.

예를 들어 보겠다.

당신은 친구들과 밥을 먹으러 갔다. 수저를 꺼내야 하고 물과 반찬이 셀프여서 가지고 와야 하는 상황이다. 하지만 다들 오락을 하거나 SNS를 하느라 핸드폰을 붙잡고 앉아만 있다. 생각해 보자. 보통의 사람들이라면 누군가는 물을, 누군가는 반찬을, 누군가는 수저를 꺼내는 게 상식적이지만 그러지 않는 것이다. 단편적인 예를 들었지만 이러한 행동들로 인해 그 사람이 이기적인지 이타적인지 엿볼 수 있다.

물론 내가 말한 세 가지가 사람의 전체를 보여 준다고 말할 수는 없지만 적어도 70~80%는 보여 준다고 생각 든다. 세 가지 기준이 충족되고 얘기가 잘 통하는 사람이 있다면 그런 사람과 가깝게 지내면 된다.

혹여 안 맞는 사람을 만나서 싫더라도 너무 스트레스받지 마라. 정신적 피해와 그 사람을 만나면서 버린 나의 시간이 전부일 뿐. 쉽지 않겠지만 잘 생각해 보면 그 사람으로 인해 배울 게 있을 것이다.

'나는 저러지 말아야지, 나는 저렇게 행동하지 말아야지.'

내가 올바른 길로 가는 한 좋은 사람들은 또 오기 마련이다.

통신도 안 터지는
아프리카 오지에 갇히다

차 사고 난 현장이 궁금하다면? ━━━━━━

〰️○

계획한 일들이 틀어지면 무슨 기분이 드나요?

세계여행을 하다 보면 많은 계획을 세울 수밖에 없다. 아무리 즉흥적인 여행을 한다고 한들 나라 및 도시 이동, 관광 명소 둘러보기, 일몰 보기, 식당에서 밥 먹기 등등 큰 계획에서부터 사소한 계획들까지 생기기 마련이다. 많은 계획이 순탄하게 이뤄졌으면 좋았겠지만 아쉽게 그러지 못한 일들이 많았다.

1. 첫 여행지인 발리에 가기 전 베트남에 23시간 경유를 해야 돼서 프로모션으로 올라온 호텔을 예약했더니 숙박이 아닌 대실이었던 일.

2. 라오스에서부터 태국 끄라비까지 35시간 동안 여섯 번의
   대중교통을 이용하여 호스텔에 도착했지만 아고다의 실수
   로 이미 예약이 다 찬 호스텔을 중복 예약해 체크인을 못
   했던 일.

3. 태국 빠이를 가기 위해 숙소 예약도 다 마친 후 하루 전날
   미니밴을 예약하러 갔지만 5일간 매진됐던 일.

4. 인도 콜카타에서 도시 이동을 하기 위해 기차를 예매하러
   갔지만 전부 매진됐던 일.

5. 조지아 트빌리시에서 카즈베기를 가기 위해 미니밴을 타
   러 갔지만 폭설로 인해 도로가 통제돼 못 가게 됐던 일.

6. 아프리카 횡단 중 차가 미끄러져 돌멩이에 박아 허허벌판
   에서 4시간 체류 후 구출됐고 다음 날 새로운 차를 받아
   목적지로 가는 도중 타이어가 펑크 났던 일.

이외에도 계획한 일이 틀어진 경우가 많았지만 전부 얘기
하기에는 길어 3, 6번 일만 얘기해 보려고 한다.

3번의 일이다.
태국 달력의 열두 번째 달 보름 저녁에 열리는 민속 축제

인 러이끄라통 축제가 있다. 나 또한 축제를 보기 위해 치앙마이에 갔었고 축제가 끝난 뒤 빠이라는 도시를 가기 위해 하루 전날 버스 정류장에 갔다. 하지만 직원은 지친다는 표정으로 화면을 보여 주며 말했다.

"앞으로 5일간 매진이야."

블로그에서 하루 전날 예매해도 표를 구할 수 있다고 했지만 축제 기간에 사람들이 많이 모였다는 것을 간과하고 있었다. '어떻게 하지?'라는 생각과 벙찐 표정으로 매표소를 나오니 나와 같은 표정으로 그저 버스 정류장만 바라보는 외국인들이 여기저기 흩어져 있었다. 영어도 못했지만 무슨 자신감이었는지 바로 앞에 있는 외국인 친구에게 다가가 물었다.

"너 빠이 가고 싶어?"

흩어져 있던 외국인들은 내 목소리를 듣고 하나, 둘 모여들기 시작했다. 그렇게 국적 불문하고 빠이 가고 싶어 하는 그룹이 형성됐다. 영국인 친구는 차를 알아보기 시작했고 나는 매표소 앞으로 향했다. 그리고 빠이 가고 싶어 하는 외국인이 있으면 현 상황을 말해 준 뒤 사람들을 모으기 시작했다.

세 명으로 시작한 그룹은 끝내 일곱 명이 모였고 원래 계획했던 다음 날 렌트한 차를 타고 빠이에 갔다.

6번의 일이다.

아프리카는 교통이 발전한 편이 아니라서 도로 상태가 좋지 않은 곳이 많고 대중교통을 이용할 때는 시간대가 많지 않거나 특정한 곳을 가지 않는 등 제약이 많다. 하지만 렌터카를 빌리면 자유롭게 다닐 수 있어 동행들과 상의 후 렌터카를 빌리게 됐다. 도로 상태가 안 좋아서 대부분 SUV 이상의 차를 렌트하지만 재정상 여유롭지 않았던 우리는 준중형 해치백 크기의 차를 빌렸다(르노삼성의 KWID).

포장된 아스팔트에서는 순조롭게 운전했지만 모래와 자갈이 많던 길에서 운전 도중 차가 미끄러져 돌멩이에 박아 사고가 나게 됐다. 빠른 속도로 박은 게 아니어서 다행히 인명 피해는 없었지만 차는 더 이상 움직이지 못하는 상태가 됐다. 일단 안전 삼각대를 펼쳐 놓고 렌터카 회사에 전화하기 위해 핸드폰을 확인하니 외진 곳이라 통신이 터지지 않았다.

별다른 방법이 없었기에 트렁크에 있는 캠핑 의자와 에어매트를 꺼내 그늘에서 쉬며 '누군가 와서 도와주겠지.'라는 생각으로 휴식을 취하고 있었다. 고맙게도 지나가는 차들은 다 멈춰서 우리의 안부를 물어봤고 그중 보안관 스티커를 달고 있는 차가 멈췄다. 자초지종을 설명하니 내 정보와 렌트 회사 번호를 적고 전화하고 올 테니 기다리라는 말과 함께 사라졌다.

1시간, 2시간, 시간은 계속 흘러갔고 어느덧 기다린 지 4시간이 지났을 무렵 그의 차가 보이기 시작했다. 그는 렌트 회사와 연락한 내용을 설명해 줬고 근처 캠핑 사이트로 우리를 데려다주었다. 캠핑장에서 렌트 회사와 전화하며 새로운 차를 받는 것으로 계약했고 다음 날 새로운 차를 가지고 여행할 수 있게 됐다. 하지만 새로운 차를 받고 출발한 지 얼마나 지났을까, "펑!" 소리와 함께 차가 덜그럭거리는 느낌이 들었다. 갓길에 세워 확인해 보니 이번에는 타이어가 완전 작살난 상태로 터져 버린 것이었다.

예비용 타이어가 트렁크에 있었지만 살면서 타이어를 갈아본 적 없었기에 난감했다. 하지만 주위를 둘러봐도 끝이 안 보이는 황야만 있을 뿐 우리를 도와줄 사람은 보이지 않았다.

다행히 통신이 터져 인터넷을 통해 타이어 가는 법을 속성으로 배웠고 생애 첫 타이어 교체를 성공적으로 완료했다.

이처럼 여행하면서 상상하지 못한 일들이 벌어지며 계획들이 틀어졌었지만 낙담하지 않았다. 그리고 **'그럴 수 있지.'**라는 생각으로 받아들이니 이성적으로 문제를 바라보고 해결할 수 있었다.

여행하며 마주한 수많은 변수들은 나를 한층 더 성장시키는 값진 경험이었다.

계획이 틀어졌을 뿐 목표는 그대로이지 않은가.

틀어진 계획을 해결하고자 노력한다면 여태 보지 못했던 당신의 새로운 모습을 볼 수 있을 겁니다.

그리고 그 모습은 당신을 한층 더 성장시키는 계기가 될 겁니다.

순수한 웃음을 가진
마다가스카르 아이들

순수한 아이들의 웃음소리가 궁금하다면? ————————

순수함이란 걸 언제 느껴 보셨나요?

　마다가스카르 모론다바를 여행할 때였다.

　여행객들이 모론다바를 찾는 이유는 바오밥나무와 그랑칭기(뾰족한 석회암으로 이루어진 곳) 때문이다. 참고로 바오밥나무를 보러 가는 투어는 시내에서 당일치기가 가능하지만 그랑칭기를 보러 가는 투어는 시내를 벗어나기에 2~4박은 잡아야 한다. 동행들과 상의한 결과 바오밥나무를 먼저 본 후 그랑칭기를 보러 가기로 결정했고 숙소 예약은 시내에 머무는 날만 하게 됐다. 투어사를 통해 일출, 일몰 시간대 바오밥나무를 보러 갔고 상상 이상으로 펼쳐진 멋진 풍경은 입을 떡벌어지게 만들었다. 성공적인 바오밥 투어를 마치고 숙소에 돌아와 칭기투어를 알아보던 중 문제가 발생하고 만다.

　모론다바에 갔던 날이 마다가스카르 휴일이었고 이로 인해 그랑칭기 주변 숙소 및 이동하는 차량 또한 전부 예약이 찬 상황이었다. 더 안 좋은 상황은 시내에 있는 모든 숙소 또한 매진돼 앞으로의 거처를 걱정해야 했다. 당장 내일 방을 빼야 했기에 '교회에서 자야 하나, 노숙을 해야 하나.' 생각하고 있던 때 은인을 만나게 됐다.

　상황은 이러했다.

　바닷가를 산책하고 있던 중 동양인 여성이 마다가스카르 아이들과 같이 노는 장면이 눈앞에 펼쳐졌다. 외지 사람을 잘 따르는 모습이 신기해 그녀에게 말을 걸었다.

"어디서 오셨나요?"

그녀가 대답하길.

"한국에서 왔고 여기에서 선교사 생활을 하는 중이에요. 오늘 바닷가 온 것도 애들 데리고 놀러 나온 겁니다."

먼 타국에서 선교 생활을 하신다는 것에 존경스러웠고 혹시나 하는 마음에 현재 상황을 말하고 선교사님께 도움을 요청했다. 선교사님은 흔쾌히 자신의 집으로 초대해 줬고 동행들과 뜻을 맞춰 아이들을 위한 공책과 펜을 사서 집으로 향했다. 집에 도착 후 감사한 나머지 우리가 할 수 있는 일은 뭐든 하겠다고 말하니 선교사님은 내일 아이들과 함께 놀아줄 수 있냐고 물어봤다.

우리는 입을 모아 대답했다.

"당연하죠!"

다음 날 아침 선교사님 필두로 뒤따라 학교에 도착하니 우르르 아이들이 뛰어나와 우리를 반겨 주었다. 디지털 기기가 없는 아이들은 카메라를 보고 신기해했고 손바닥 인사만으로도 까르륵 웃기 시작했다. 이후 아이들과 페이스 페인팅도 하고 노래에 맞춰 춤도 추며 비눗방울 놀이 및 풍선 놀이를 한순간을 지금까지도 잊지 못하고 있다.

유치원생부터 고등학생까지 있는 학교였지만 모든 아이들의 순수함은 이루 말할 수 없었다. 페인팅 된 서로의 얼굴을

보며 웃음이 끊이질 않았고 비눗방울을 터트리기 위해 달려
가다 넘어져도 다시 일어나 웃으며 또 달리는 아이들이었다.
또한 카메라를 보고 춤을 추는 아이, 비눗방울을 불지 않고
친구 얼굴에 맞추며 웃는 아이, 풍선 하나에 열 명 이상 달라
붙어 풍선을 땅에 떨어트리지 않으려고 하는 아이들까지. 아
이들의 행동은 잊고 있었던 순수함을 깨우치게 해 줬다.

한국 아이들과 마다가스카르 아이들의 차이점은 크지 않
다. 피부색이 다르며 학교에 가기 위해 1~2시간 걸어 다니고
음식을 골고루 먹지 못해 발육 상태가 더딜 뿐 천진난만하고
호기심 많은 것은 똑같다. 하지만 핸드폰을 가지고 있어 많
은 것을 접할 수 있는 한국 아이들과 달리 신발조차 없어 맨
발로 다니는 마다가스카르 아이들은 한국 아이들과 다른 순
수함을 가지고 있다.

한국 아이들이 순수하지 않다는 게 아니다.

마다가스카르 아이들은 문명을 접하는 게 쉽지 않기에 본
연의 순수함 그 자체를 가지고 있다는 것이다.

최빈국에 속하는 마다가스카르지만 아이들의 순수한 모습
을 보고 이런 생각을 했다.

'문명을 접할 수 없어 비교라는 것을 모르기에 순수한 웃음을 지을 수 있는 게 아닐까?'

비교의 대상이 너무 많은 요즘.

순수함을 찾아보는 건 어떨까요?

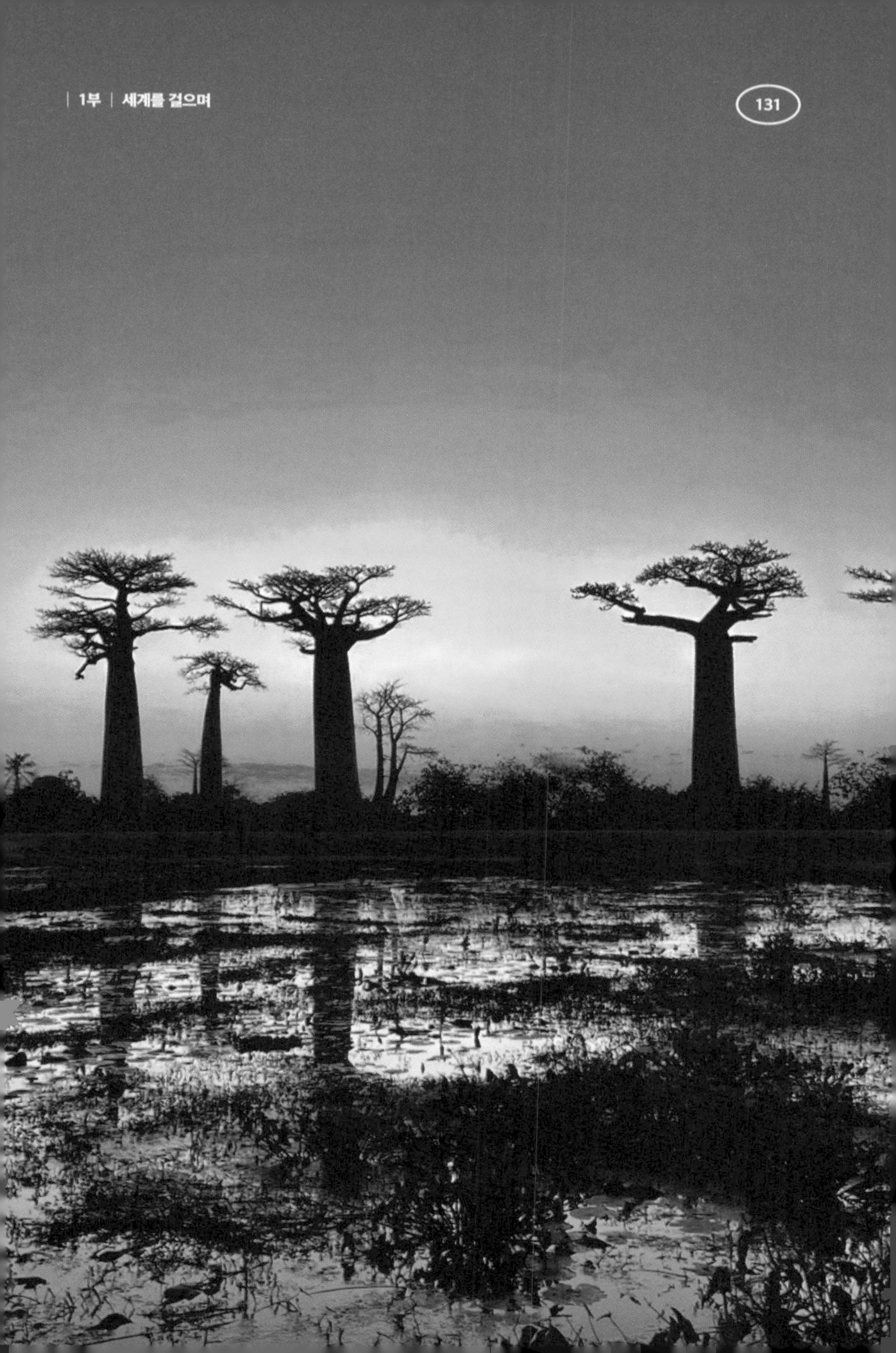

거침없이 표현하는
잔지바르 청년

잔지바르 야시장이 궁금하다면? ————————————

사랑해, 고마워, 미안해 등등
자신이 느끼는 감정을 잘 표현하시나요?

사람이란 감정을 느낄 수 있는 동물 중 말을 할 수 있는 동물이다.

미안함, 고마움, 사랑과 같은 감정을 몸짓과 눈빛으로 표현하는 것보다 말을 통해 표현한다면 훨씬 더 정확하고 구체적인 감정 교류를 할 수 있다.

이집트 다합을 여행할 때였다.

36도에 육박하는 다합의 날씨였지만 신기하게 사우나가 있다. 무더운 날씨였지만 야외에 있는 사우나였기에 별도 볼 수 있고 캠프파이어를 하며 도란도란 얘기할 수 있어 더운 날씨에도 불구하고 셰어하우스 사람들과 사우나로 향했다. 사우나와 냉탕을 반복하다 보니 무더운 날에도 추위를 느꼈고 몸을 녹이려 장작불에 옹기종기 모여 얘기를 나누고 노래를 들으며 즐거운 시간을 보냈다. 시간 가는 줄 모르고 노래를 듣고 있으니 어느새 집에 돌아가야 하는 시간이 됐고 아쉬움을 뒤로한 채 트럭에 탑승했다. 집 도착 후 짐 정리를 하다 이 자리를 만들어 준 형에게 말을 건넸다.

"덕분에 좋은 추억 만들 수 있었어, 고마워."

이 말을 들은 다른 형이 입을 열었다.

"나는 너처럼 표현하는 친구가 좋더라."

모두가 화목해지는 순간이었다. 아무도 고맙다고 말하지 않았더라면 자리를 만들어 준 형은 다른 이들이 고마운 마음을 가지고 있다는 것을 몰랐을 수도 있었다.

이번에는 탄자니아 잔지바르에서 생긴 일이다.

잔지바르는 전설적인 가수 프레디 머큐리가 태어난 곳으로도 유명하지만 야시장 또한 유명하다. 야시장에서 제일 유명한 것은 잔지바르 피자였고 동행들과 피자를 먹기 위해 야시장으로 향했다(우리가 생각하는 피자와 비주얼이 다르다). 각자 먹고 싶은 것으로 주문을 끝내고 피자를 기다리던 중 요리사가 동행인 누나를 보더니 갑자기 "beautiful"을 연발하기 시작했다. 심지어 열두 살 차이가 난다는 걸 알고도 누나를 향한 요리사의 고백은 끊이지 않았다. 처음에 장난인 줄 알았으나 동행들이 다른 곳을 구경 간 사이 내게 질문했다.

"혹시 그녀 남자친구 있어? 진심으로 예뻐."
뒤이어 말하길.
"우리 엄마가 내일 일은 어떻게 될지 모르니 표현하고 싶은 대로 살라고 가르쳐 줬어. 나는 그렇게 살 뿐이야."

그의 말을 듣고 '나는 여태까지 표현하며 살아왔나?'라는 생각과 함께 스스로 돌아보는 시간을 가졌다.

여행하다 보면 외국인은 한국인과 다른 성격을 가지고 있다는 생각이 든다. 언어와 문화 등등 사는 방식이 다르기 때문에 차이가 있을 수 있지만 제일 큰 차이점은 한국인보다 눈치를 덜 본다는 것이다. 자신의 패션이나 하는 행동에 대해서 남들 눈치를 보지 않고 당당한 모습으로 걸어 나간다. 이런 당당함 때문인지 어떠한 일이 벌어지면 미안함과 고마움 등등 자신의 감정 표현을 잘한다.

그렇다고 한국인들이 표현을 안 한다는 것은 아니다.

부끄러워 고마움을 말하지 못하고 웃음으로 대체하는 사람, 미안함을 말하기엔 타이밍이 늦었다며 그냥 지나가는 사람 등등 웃음으로 감정을 대체하거나 표현을 부끄러워하는 사람들이 있다. 물론 웃음도 표현의 일부분이지만 사람은 말을 하는 동물이다. 고마움과 미안함 그리고 사랑과 같은 감정은 말로 더 확실하게 전달할 수 있다. 백 번, 천 번 마음속으로 생각하고 웃음으로 표현해 봤자 당사자는 당신의 마음을 모를 수 있다.

"미안해", "고마워", "사랑해"

쉽지만 어려운 말들.

오늘이 가기 전 부모님 또는 소중한 사람에게 사랑한다고 말해
보는 건 어떨까요?

80만 원을 가져간
남아공 나쁜 ×끼

살면서 지나간 일을 계속해서
회상했을 때가 있으신가요?

지나간 일을 회상하는 것에는 여러 가지 감정이 있다.

사람에 대한 그리움의 회상, 추억이 담긴 장소에 대한 회상, 원하고자 하는 대학 및 시험에 합격했던 날의 회상 등등. 좋은 회상도 있지만 지금부터 말하고자 하는 건 안 좋은 일에 대한 회상이다.

칠레에서 벌어진 일이다.

칠레에는 유명한 트레킹인 W 트레킹이라는 것이 있다. 남미의 꽃이라고도 불리는 W 트레킹은 성수기가 되면 예약 자리가 없을 정도로 전 세계 사람들에게 유명한 곳이다. 다행히 내가 간 시기는 성수기가 되기 직전이라 1달 전에 예약이 가능했다(성수기 때 가려면 보통 3~6달 전부터 예약을 해야 한다고 보면 된다).

트레킹 2일 전 필요한 장비를 렌털하고 3박 4일 동안 먹을 식량 구매를 끝으로 모든 준비를 마친 뒤 다음 날 편히 쉴 생각에 홀가분히 잠을 청했다. 시간이 얼마나 지났을까 갑자기 눈이 떠져 시간을 확인하기 위해 핸드폰을 보니 은행 알람이 떠 있었다. 내용을 확인하기 전까지 '쓴 돈도 없는데 누가 용돈을 줬나?'라는 생각을 가졌지만 내용을 확인한 순간 10초 동안 멍하니 핸드폰을 바라볼 수밖에 없었다.

265,000원씩 1분 간격으로 세 번 총 795,000원이 빠져나간 것이었다.

이전에 태국을 여행할 때 ATM 수수료로 7만 원이 빠져나간 적이 있었는데 이번에는 거의 80만 원에 달하는 돈이 영문도 모르게 사라진 것이다. 수입도 없는 상태였고 하루하루 아끼면서 세계여행을 했던지라 단돈 100원도 소중히 여겼는데 이러한 일이 일어나니 당황스러웠고 어떻게 해결해야 될지 검색하기 시작했다. 검색해 보니 나와 비슷한 일을 겪은 사람들이 있었고 돈이 빠져나간 원인은 카드가 복제돼 사용된 것으로 추측됐다.

서둘러 한국 유심을 끼고 카드 회사에 전화했다. 하지만 지구 반대편인 칠레와 한국은 12시간 시차가 있어 담당자와 통화는 불가능했고 급한 대로 카드 먼저 정지시켰다. 이후 어떤 경로를 통해 돈이 빠져나갔는지 카드사에서 알아봐 줬고 확인 결과 남아프리카공화국의 ATM에서 돈이 빠져나간 것으로 확인됐다. 남아프리카공화국을 여행할 때 ATM은 한 번도 이용하지 않았는데 어떤 대단한 놈이 카드를 복제해 ATM에서 현금을 뺀 것이다. 하지만 당장 해결할 수 있는 일이 없었기에 트레킹을 끝내고 담당자와 통화하기로 했다.

카드 문제는 머리에서 지우고 3박 4일간 멋진 풍경을 보며 힐링했고 트레킹이 끝난 뒤 휴식도 취하지 않고 카드 복제를 해결하기 위해 온 신경을 집중했다. 카드사 담당자와 통화하면서 어떻게 돈이 빠져나갔으며 어떤 상황에 있다는 것을 말하니 카드사에서 해결할 수 없는 문제라며 은행사에 연결해 줬다. 그렇게 은행사에 연결되어 다시 어떤 상황인지 설명하니 이것저것 물어보고는 은행사에서 처리할 수 없고 카드사에서 해결할 수 있다며 다시 카드사에 연결해 줬다. 카드사와 은행사를 왔다 갔다 반복하기 시작했고 전에 통화했던 담당자가 아닌 매번 새로운 담당자가 받아 모든 상황을 처음부터 끝까지 다시 설명해야 했다. 명확한 답변은 받지 못한 채이리저리 떠넘기기 당한 지 3시간째 슬슬 인내심이 차오르기 시작했다. 결국 인내심의 한계를 느끼고 카드사 담당자한테 물어봤다.

"카드사와 은행사 모두 자기 주관이 아니라고 넘기기 바쁜데 그럼 이 일은 처리 못 하는 거네요?"

담당자가 말했다.

"네, 고객님. 죄송하지만 처리가 어려울 것 같습니다."

통화 3시간 만에 명확한 답변을 들을 수 있었다.

상담이 어떻게 될지 몰라 한 달간 핸드폰 정지 해제를 했더니 국제전화 통화비와 핸드폰 요금 그리고 카드 복제 건까지 총합 100만 원의 손실을 얻었다. 하지만 이미 일은 벌어졌고 시간을 돌릴 수 없는 법.

이미 지나간 일에 대해 계속 생각해 봤자 달라질 건 없고 내 정신만 힘들어질 뿐 그 무엇도 바뀌지 않는다. 정신이 힘들어지면 육체도 무너지고 육체가 무너지면 일상생활에 지장을 준다. 흔히 도박에 빠진 사람들이 이러한 패턴을 보여준다. 돈을 잃고 심리적으로 힘들어 밥도 제대로 안 먹고 오로지 따낼 생각만 하다 결국 모두 탕진하고 노숙생활을 하거나 시설에 들어가게 된다.

돈뿐만이 아니라 안 좋은 일이 생기면 멘탈은 흔들리기 마련이다. 최대한 해결하려 노력해도 안 된다면 그냥 받아들이고 인정하는 수밖에 없다. 나의 경우 '그래, 카드 복제까지 할 정도면 머리가 똑똑한 놈이니까 그 정도 돈은 가져갈 수 있지.'라고 인정하고 받아들이니 다시 활기차게 여행할 수 있게 됐다.

해결할 수 없는 또는 되돌릴 수 없는 지나간 일에 대해서는 인정과 받아들임이 빠르면 빠를수록 당신의 정신과 육체 건강에 훨씬 좋다.

마음을 울적하게 만든
브라질 짜장면

헤어짐이 찾아오면 슬프신가요?

세계여행을 떠난 뒤로 나는 많은 헤어짐을 하게 됐다.

부모님과의 헤어짐, 친구들과의 헤어짐, 정든 집과의 헤어짐, 한식과의 헤어짐 등등 나의 일상이었던 것들과 헤어지며 다시 만날 날을 기약했다.

세계로 나와 새로운 것들을 보고 느끼다 보니 한국에서의 일상은 서서히 잊어 가고 있었다. 그러다 문득 떠오른 순간이 있었는데 바로 브라질을 여행할 때였다. 브라질 상파울루에는 봉헤찌로라는 한인 타운이 있다. 약 5만 명의 한국인들이 거주해 한식당이 많이 있고 한국 이민자들을 많이 볼 수 있다.

한국을 떠난 지 1년을 넘긴 시점에 봉헤찌로를 여행했고 짜장면을 그리워했던 나는 중식당을 발견하고는 의식의 흐름을 따라 중식당으로 향했다. 현지 음식과 비교하면 가격대가 있었지만 이날만큼은 가격 상관없이 먹고 싶은 대로 음식을 시켰다. 그렇게 나온 짜장면 두 그릇과 탕수육을 맛있게 먹고 있으니 하나둘 눈에 들어오는 한인 가족분들. 짜장면 한 그릇을 다 먹어 갈 때쯤 옆 테이블 아기가 아빠에게 이런 말을 했다.

"아빠, 나 젓가락질이 잘 안 돼, 아빠가 먹여 줘."

한국에서 들었다면 별생각 없이 귀엽다고 생각했을 건데 한국을 떠난 지 1년을 넘긴 시점, 혼자 짜장면을 먹다가 들으니 울적해지는 말이었다. 아마도 가족끼리 옹기종기 앉아 중식을 먹던 기억이 떠올라서 그런 것 같았다. 그리고 여행 가기 전 어머니가 한 말씀이 떠올랐다.

"혹시 네가 가 있는 동안 부모님한테 무슨 일이 생기면 어떻게 해?"

문득 든 생각에 짜장면을 먹다가 이런저런 생각이 많아졌다. 그러면 안 되지만 혹시라도 어머니의 말처럼 어떠한 일이 갑자기 일어날 수도 있는 것이니까. 하지만 이미 나와 있는 상태에서 이런 걱정을 해 봤자 바뀌는 것은 없었고 내려지는 답은 딱 하나였다.

내가 할 수 있는 최선을 다해 사랑하고 상처를 주지 말자.

우리는 살면서 수많은 만남을 하게 된다. 특정한 대상이 될 수도 있고 물건이 될 수도 있다. 하지만 영원한 만남은 없다. 서서히 본연의 상태로 돌아가거나 또는 갑작스레 우리의 곁을 떠날 것이다.

만남이 있으면 헤어짐이 있는 법.

헤어짐에는 두 가지 헤어짐이 있다고 생각한다. 정해진 헤어짐 그리고 갑작스러운 헤어짐.

정해진 헤어짐은 초, 중, 고를 졸업하며 친구들 및 선생님과 헤어질 때가 될 수 있고 입영 통지서가 날아와 가족들과 헤어질 때가 될 수 있다. 갑작스러운 헤어짐은 예기치 못한 사고로 인해 지인이 우리의 곁을 떠나는 상황이 될 수 있다. 이렇게 헤어짐에는 두 가지가 있다고 생각 들지만 어떠한 헤어짐을 맞이하게 되든 상대를 그리워하는 마음은 같을 것이다.

정해진 헤어짐이든 갑작스러운 헤어짐이든 언젠간 내 곁을 떠나갈 것이기에 그날이 오기 전까지 최선을 다해 사랑하고 상처 주지 말자.
헤어짐이 찾아오고 후회해 봤자 소용없다.
당사자는 이미 곁에서 사라지고 없으니.

개미지옥 같던
티티카카 호수

당신은 훈련받은 적이 있나요?

볼리비아 라파즈에서 버스 타고 얼마나 달렸을까 코파카바나에 도착했다.

코파카바나에서 육로를 통해 페루로 국경을 넘어갈 수 있어 많은 여행자들이 들리기도 하고 무려 해발 3800m에 티티카카 호수(세계에서 가장 높은 곳에 있는 호수)가 있어 이 호수를 보려고 방문하기도 한다.

코파카바나 도착 후 먼저 호스텔로 향했고 체크인을 마친 후 호수에 나와 잔디밭에 누워 따스한 햇볕 아래 호수를 바라보니 천국이 따로 없었다. 잔디밭에 누워 쉬고 있으니 동행 중 맏형이 말을 걸었다.

"성진아! 달리기하러 가야지!"

이 형은 여행을 시작하고 비가 오든 바람이 불든 이동하는 날이든 매일같이 3~5km를 달리고 있다.

이전에 달리기를 하다가 무릎에 염증이 생겨 이번엔 수영을 하겠다고 했다.

참고로 해발 2000m를 넘어가면 산소가 희박하고 산소 농도가 옅어져 고산병이 올 수 있다. 고산병 증상으로는 숨이 잘 안 쉬어지거나 두통이 오거나 잠이 오는 것 등이 있다. 고산병이 심하게 오는 사람은 숨쉬기가 어려워 걷는 것 자체를 힘들어한다. 나와 동행들은 고산에 적응했지만 신체를 움직이는 운동을 할 때면 숨이 턱턱 막혀 와 일정 시간 휴식을 가져야 했다.

점심 먹고 호스텔로 돌아와 피곤한 사람은 잠을 청했고 나는 찌뿌둥한 몸을 풀기 위해 수영복을 입고 물안경을 챙겨 혼자 호수로 향했다. 물에 들어가기 전 간단한 스트레칭을 하고 수온을 체크했다. 물이 차갑긴 했지만 수영하기에 문제없는 온도였다. 모든 준비가 끝나고 오늘 운동의 목표치를 정했다.

약 200m 떨어진 보트를 지나 왼쪽에 있는 보트까지 총 세 바퀴를 돌면 대략 1km 정도가 나올 것으로 판단하고 거침없이 호수 안으로 들어갔다.

뒤에 벌어질 일은 생각하지도 못한 채.

호수였지만 파도가 일렁이고 있었고 열심히 수영하다 보니 첫 번째 보트에 도달하게 됐다. 그렇게 보트를 돌아선 순간 심장박동이 귀에도 느껴질 만큼 엄청 빨라졌다(기진맥진할 정도로 운동을 해 봤다면 귀에서도 심장 소리가 들리는 걸 느껴 봤을 것이다). 강아지가 가쁜 숨을 몰아쉬듯 헥헥거리기 시작했다. 여기가 해발 3800m라는 것을 깜빡한 것이다.

산소가 모자라 숨을 가쁘게 몰아쉬니 목표했던 1km는 개뿔, 살기 위한 몸부림이 시작됐다. 먼저 체력 안배를 하기 위해 자유형에서 평형으로 영법을 바꿨지만 이미 호흡이 가빠진 상태라 어떤 자세를 취하든 헥헥거리는 건 멈출 수 없다. 또한 고산이라 산소 농도가 옅어 숨을 쉬어도 충분한 산소가 들어오지 않았다. 추진력을 얻기 위해서는 얼굴을 물에 담그면서 수영을 해야 하지만 한순간도 숨을 쉬지 않는다면 심장이 멎을 듯한 기분이 들어 고개를 물 밖으로 내민 채 수영했다. 충분한 산소가 들어오지 않자 엎친 데 덮친 격으로 다리가 점점 단단해지더니 쥐가 나기 시작했다.

생명에 지장이 생길 것 같다는 생각에 재빨리 주변 상황을 살펴봤다.

육지까지 거리는 얼마나 남았고 해변가에 날 구해 줄 사람은 있는지, 근처에 부유물이 있는지, 수심은 얼마나 깊은지.

주변 상황 파악을 끝내니 믿을 건 오직 나밖에 없다는 걸 알아차렸다.

대략 육지까지 거리는 대략 150m, 수심은 4m 정도 돼 보였고 해변가에는 사람이 없었으며 근처에 부유물이란 잡초뿐이었다. 다리는 쥐가 나서 움직이지 않았고 심장은 터지기 일보 직전으로 숨쉬기 힘들었다. 또한 다리를 움직이지 못해 팔로만 앞으로 나아가니 거북이가 육지에서 걷는 것보다 느리게 느껴졌다.

저 때 당시 패닉에 빠졌더라면 이 책은 세상에 나오지 못했을 것이다. 하지만 어떻게 해서든 육지에 가야 한다는 생각에 그나마 움직일 수 있는 팔을 계속 휘저었다. 지옥 같던 시간이 얼마나 지났을까 드디어 다리가 땅에 닿았지만 쥐가 나 있는 상태라 똑바로 서 있을 수 없었다. 결국 네발로 기어서 육지로 올라갔고 잔디밭에 누워 30분간 헥헥거리는 숨소리와

함께 침을 질질 흘리며 안정을 취하려 노력했다. 참고로 이
순간이 UDT 훈련을 받았던 때보다 더 힘든 순간이었다.

안정을 취하고 극한의 상황 속에서 어떻게 빠져나올 수 있
었는지 생각해 보니 UDT에서 받은 훈련들로 인해 목숨을 구
할 수 있었다. 훈련받을 때 물에서 패닉 상태에 빠지면 살 수
있는 상황에서도 죽는다는 것을 배웠고 바다와 수영장에서
한 여러 가지 훈련들로 몸에 익은 행동들이 저절로 나왔다(바
다에서 10km를 수영한 적도 있다). 죽을 듯 힘들었던 훈련들이 정
말 죽을 뻔한 상황에서 날 살려 냈다.

우리는 살면서 수많은 훈련을 하게 된다.

젓가락질부터 배변 훈련 등등 기초적인 것부터 전문적인
것까지.

즐거운 훈련이 있는 반면 힘들고 어려운 훈련도 있을 겁니
다. 하지만 **어떠한 훈련이든 크고 작은 일에 도움 되는 날이 찾아
올 겁니다.**

심지어는 목숨까지 구할 수 있고요.

힘들다고 멈추지 마세요.

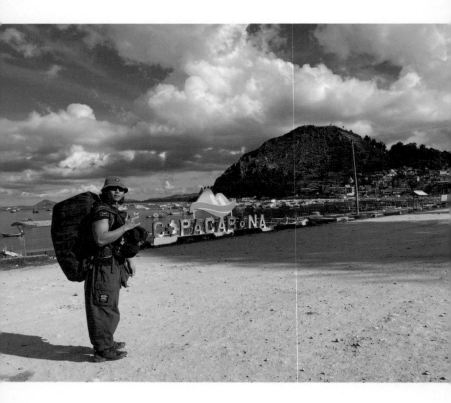

출발하지 않는
멕시코 버스를 기다리며

~~~。

약속 시간에 딱 맞춰 가시나요?
조금이라도 일찍 가서 기다리시나요?

세계여행은 이동의 연속이라 해도 무방하다고 본다.

때로는 배를 타고 바다를 가로지르고 때로는 비행기를 타서 구름 위를 날아다니고 때로는 버스를 타고 대지를 가르며 때로는 두 다리로 세상을 천천히 바라보며 이동한다. 이동에 앞서 제일 먼저 지켜야 할 것은 바로 약속한 시간에 맞춰 가야 한다는 것이다.

시간이란 지나가면 되돌릴 수 없는 것이다.

그래서 나는 어떤 나라든 상관없이 약속이 있거나 버스 및 대중교통을 타고 이동해야 하는 날에는 정해진 시간보다 30

분 정도 일찍 움직인다. 정해진 시간에 딱 맞춰 대중교통들이 출발할 때도 있지만 예외인 경우도 너무나 많기 때문이다.

2시 출발이지만 4시가 다 되도록 출발하지 않는 인도 기차, 이유도 안 알려 준 채 7시간 동안 움직이지 않는 멕시코 버스, 정해진 시간에 맞춰 버스를 기다렸지만 30분 늦게 왔던 케냐 버스 등등 대부분 예정된 시간보다 훨씬 늦게 출발하는 일들이 많다. 그럼에도 불구하고 항상 약속된 시간보다 일찍 나가 사람을 기다리든 대중교통을 기다리든 무언가를 기다렸다. 단순히 글만 읽었을 때는 이런 생각을 할 수 있다.

"일찍 가 봤자 기다리기만 하지. 그 시간에 조금 더 쉬다 나오겠다."

하지만 어릴 때부터 느낀 편안함 속의 기다림. 약속 시간보다 30분 정도 일찍 가면 왠지 모르게 마음이 편안했다.

시간을 딱 맞춰 나왔을 때 어떠한 일이 벌어지게 되면 버스를 타도 충분한 거리를 택시를 타게 되고 허겁지겁 나오느라 챙겨야 할 것을 빠뜨리고 나올 수도 있다. 한국에서는 빠

뜨린 물건을 퀵을 이용하거나 양해를 구하고 집에 다시 갔
다 와도 되지만 세계여행할 때는 큰 손실로 이어지게 된다.
묵고 있던 숙소에 여권을 놓고 왔는데 비행기 체크인이 10분
남은 상황이라면 어쩔 수 없이 몇십만 원에 해당하는 비행기
티켓값을 버려야 하는 것처럼.

　약속 시간보다 빨리 갔다고 해서 단순히 약속 시간을 잘
지킨다는 의미만 있는 것은 아니다. 앞서 말했듯이 택시를
안 타고 버스를 탈 수 있고 시간이 넉넉하다면 걸어갈 수도
있다. 그만큼 비용도 절약되는 것이고 혹여 무언가를 놓고
왔을 때 다시 집에 가 챙길 수 있는 예비 시간도 생기는 것이
다. 비즈니스 같은 약속을 할 때는 상대방에게 준비된 사람
이라는 인식을 줄 수 있다. 약속 시간에 맞추어 헐레벌떡 뛰
어오는 상대보다 미리 앉아 기다리는 자에게 좀 더 신뢰가
생기지 않겠는가?

우리 사회에서 약속이란 개념은 뿌리 깊게 박혀 있다.

약속 시간에 맞추어 온다는 것.

이것은 사람에게 신뢰를 얻을 수 있는 방법이기도 하다.

약속 시간에 늦은 적이 있거나 딱 맞추어 간다면 한 번쯤 30분

정도 일찍 도착하여 편안함 속에 기다림을 느껴 보시는 걸 추천

드린다.

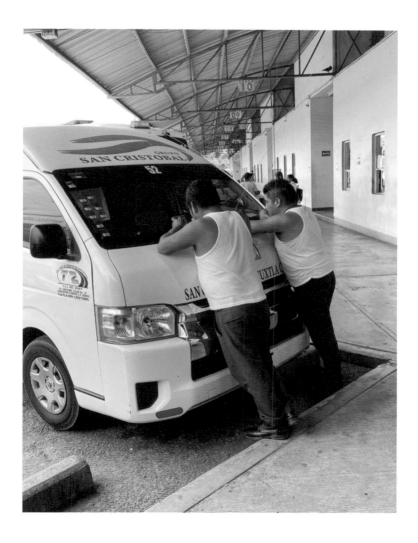

내 사람을 알게 해 준
세계여행

**피가 섞인 가족 말고 여러분이 제일 좋아하는 사람은
누구이고 누가 당신을 진심으로 챙겨 주나요?**

세계여행 193일 차 여태기(여행과 권태기를 합친 말)가 온 지금 버스 타고 헝가리에서 체코로 국경을 넘는 중 이 글을 쓰고 있다. 글을 쓰기 불과 30분 전 동기한테 연락이 왔다. 헬스 얘기를 하며 잘하고 있는 게 맞는지 피드백 받기 위해 연락을 한 것이다. 알고 있는 운동 지식으로 피드백을 해 주었고 달리는 버스 안에서 핸드폰을 보고 있으니 멀미가 나서 잠시 내려 두었다.

핸드폰을 내린 지 1분도 안 된 시점 애플워치에서 알람이 울렸다. 중요한 연락이 아니면 나중에 연락하기 위해 알람을

확인했는데 방금까지 연락하던 동기가 돈을 보낸 것이었다. '누군가에게 보낼 돈을 잘못 보낸 건가?'라는 생각을 하며 이게 뭐냐고 물어보니 동기가 이렇게 말했다.

"여행 경비로 쓰고 몸조리 잘하고 맛있는 거 사 먹어."

갑작스러운 동기의 행동에 따뜻한 마음을 받은 지 얼마나 지났을까 손목에서 또 한 번 진동이 울렸다. 부대 선배의 생일이어서 축하의 말을 전했는데 시차 때문에 지금 답장이 온 것이었다. 내용을 확인한 순간 놀랄 수밖에 없었다.

"해외에 있는데 연락해 줘서 고마워, 밥 잘 챙겨 먹고 맛있는 거 사 먹어."

이렇게 말하며 돈을 보낸 것이었다.

정말 놀랍게 10분도 안 되는 시간에 이런 일들이 벌어졌고 창문 밖 풍경을 보던 중 눈가가 촉촉해졌다. 연달아 온 동기와 선배 마음이 그간의 고생을 어루만져 주는 것 같은 기분이었다. 이외에도 여행하면서 바쁘다는 핑계로 신경 못 쓴

지인 및 친구들에게 안전하게 여행하라는 연락을 받으며 마음이 따듯해지기도 했다.

　여행 오기 전부터 사람은 사람으로 인해 살아간다고 생각했는데 더 확실히 깨닫는 계기가 됐다. 또한 여행하며 맛있는 음식을 먹을 때면 눈이 번쩍 뜨일 만큼 맛있게 느껴지지만 처음만 그럴 뿐, 먹다 보면 그저 배고파서 먹고 있는 나를 볼 수 있다.
　이런 말도 있지 않은가.

"맛있는 건 같이 먹어야 제맛이다."

　누군가와 맛있는 음식을 같이 먹으며 얘기한다는 것이 정말 중요하다는 것을 알게 되는 시간이었다.
　그리고 다짐했다.
　내게 따뜻한 마음을 건네준 사람들에게 더 큰 따뜻한 마음으로 대갚음해 주겠다고.

　우리는 태어날 때부터 혼자가 아닙니다. 태어나서부터 죽기까지 수많은 사람들을 만나고 다양한 관계가 맺어지게 되죠.

살아가는 과정에서 마주치는 모든 사람들을 곁에 두려고 애쓰지 마세요. 나를 좋아해 주는 사람, 내가 뭐라도 해 주고 싶은 사람만 곁에 있어도 충분합니다.

말이 이해하기 어려우시면 간단하게 설명드리겠습니다.

돈을 주든 선물을 주든 마음을 주든 그 사람을 보기 위해 시간을 쓰든 어떠한 것을 줘도 아까운 마음이 전혀 안 드는 사람. 몸이 멀어져 자주 못 만나거나 바쁜 일로 인해 연락을 못 할 때 먼저 안부를 물어봐 주는 사람.

이런 사람이면 충분합니다.

백 명의 아는 사람보다 한 명의 내 사람이 나에게 행복과 웃음을 가져다줄 겁니다.

2부

지금까지의
삶을 걸어오며

세계여행을 갈 수밖에 없었던 상황

상황이란 필연적인 걸까요?

　우리나라는 초, 중, 고등학교 때 영어 교육이 필수라 영어를 배우게 된다. 하지만 그렇다고 해서 모두가 영어를 잘 하는 건 아니다.

　세계여행을 떠나기 전 나의 영어 실력은 인사말과 간단한 감정 표현 정도의 완전 기초적인 영어만 가능했고 그 외의 의사 표현은 할 수 없었다. 그렇기에 영어 공부를 해야 한다는 것을 알고 있었지만 이런저런 핑계를 대며 공부하는 척만 했다. 진전 없는 시간들이 흐르고 세계여행을 떠나는 시간이 다가왔다. 비행기를 타고 첫 여행지인 발리로 향할 때 많은 생각을 했고 그중 하나는 외국인이 말을 안 걸었으면 좋겠다는 생각이었다.

왜냐고?

영어를 못하니까.

하지만 해외에 나가 있는 동안 식당을 가든 관광지를 가든 술집을 가든 어딜 가든 영어로 대화해야 했다. 결국 영어를 해야 하는 상황에 놓이다 보니 보잘것없는 영어 실력으로는 여행에 차질이 생길 것 같다 판단되어 여행하면서 공부를 시작했다. 공부한 영어를 다음 날 바로 써먹을 수 있는 상황이다 보니 영어 실력은 나날이 늘어 갔다.

이렇듯 사람은 어떠한 상황에 놓이게 되면 그 상황을 벗어나기 위해 노력한다. 이 말을 듣고 이렇게 질문하는 사람도 있을 것 같다.

"영어 실력이 늘기 위해서는 해외에 가야 하나요?"

결론부터 말하자면 아니다.

상황이란 스스로 만들 수 있다.

지금부터 말하고자 하는 게 이번 챕터의 핵심이다. 스스로 상황을 만든 것에 대해 말해 보도록 하겠다.

   고등학교 2학년 때 대학교를 포기하고 특수부대 입대를 선택했다. 그래서 학교 정규 수업이 끝나면 운동하러 가기 위해 야간자율학습을 빠졌다. 이런 내가 부러운 친구들은 담임 선생님께 어떻게 말해야 보충과 야자를 뺄 수 있냐고 물어봤다. 친구들에게 나는 공부가 아닌 운동을 해야 될 시점이라 타당한 이유로 빠질 수 있다고 말했다(내가 다닌 학교는 타당한 이유가 있지 않은 한 보충과 야자를 했어야 했다). 담임선생님과 내 주변 지인들에게 진로를 말하고 운동을 시작한 결과 모든 상황이 날 특수부대 가는 사람으로 만들었다.

   군대 전역 후 세계여행을 간 것도 스스로 상황을 만들었다고 보면 된다. 전역 날짜가 다가오면 선후배들이 앞으로 뭘 할지 많이 물어보고 주변 지인들 또한 앞으로의 길에 대해 많이 궁금해했다. 대부분의 전역자들은 군 경력을 살려 소방관이나 경찰을 준비하지만 내 대답은 남들과 달랐다.

   "전역 후 세계로 떠날 겁니다."

이런 대답이 세계여행을 떠나는 사람으로 만들어 났다.

이렇듯 내가 뱉은 말로 인해 그걸 해야 될 수밖에 없는 상황으로 만들 수 있다(거짓말쟁이들에게는 예외다).

사람은 평단에 예민한 동물이다. 어떠한 일을 시작하거나 포부를 외쳤을 때 이뤄 내서 인정받기 원하는 동물. 그렇기에 자기가 뱉은 말에 대해 지키고 싶어 하는 성향이 크다. 나는 이런 부분을 이용했다. 정말 하고자 하는 일이 있으면 주변에서 알 수 있게끔 일부로 내뱉었고 뱉은 말을 지키기 위해 스스로 채찍질했다. 스스로 상황을 만들고 동기부여를 할 수 있다는 것이다. 아마 여러분도 스스로 상황을 만들어 본 적이 있을 것이다.

"내일부터 다이어트할 거니까 술 먹자고 하지 마."

친구의 SNS에서 찾아보기 쉬운 말이다. 그리고 스스로 자기를 다이어트하는 상황으로 만든 것이다.

"쟤는 그런 상황이었잖아. 나는 그런 상황이 아니니까 못 해."

이제 이러한 말은 핑계다.

상황은 스스로 만들어 낼 수 있다.

경험으로 인해
돌아가는 삶

당신에게 경험이란 어떤 의미인가요?

우리는 살아 있는 한 경험을 통해 삶을 살아가게 된다.

영유아 시절 손으로 음식을 집어 먹다가 젓가락질을 배워 편하게 먹을 수 있다는 것을 경험하고 옹알이를 하다 말을 하게 된다. 그러면서 자신의 감정을 더 확실하게 전달할 수 있는 경험을 하고, 기어 다니다가 걸음마를 배워 두 발로 걷는 게 더 편리하다는 것을 경험한다. 이렇듯 우리가 살아 있는 한 취하는 행동은 다 경험에서 오는 것이다. 하지만 나이를 먹어 가면서 새로운 경험으로 인해 취하는 행동은 점차 줄어든다.

성인이 돼 살아가는 사람들을 보면 평일에 퇴근 후 TV나

핸드폰을 보며 하루를 마감한다. 주말에는 친구와 놀거나 술을 마시는 등 오락 및 본인의 여가 시간을 보내는 사람들이 대부분이다(모든 사람이 그렇다는 건 아니다). 이러한 행동들은 경험에서 비롯돼 나오는 것이다. 과거에 해 본 결과 행복과 즐거움을 가져다준다는 걸 알기 때문에 다시 찾게 되는 것이다. 치킨 시킬 때 다른 브랜드는 쳐다보지 않고 제일 맛있게 먹었던 치킨을 시키는 것 또한 과거의 경험으로 인해 나오는 것이다.

최근에는 짧은 동영상이 유행해 인스타그램이나 유튜브에서 제공하는 숏폼을 10분만 보려고 했다가 1시간을 넘겨 2~3시간 보게 되는 경우가 있다(한 번도 그런 적이 없다면 대단하다고 말해 주고 싶다). 이럴 경우 시간을 허비한 것 같아 다음엔 딱 10분만 보겠다고 다짐하지만 다음 날 또 숏폼을 1시간 넘게 보고 있는 자신을 경험해 봤을 것이다.

앞서 말한 내용들은 과거의 경험으로 인해 다시 찾는 행동들이다. 이미 경험한 것으로 사는 것이 즐겁고 행복하다면 그렇게 살면 된다. 그런 삶도 존중한다. 하지만 사람에게는 인정받고 싶고 지금보다 더 나은 삶을 살아가고 싶은 욕망이 내재돼 있다. 그러기 위해서는 새로운 경험이 필요하다. 그래서 내가 택한 것은 세계여행이었다.

한국을 떠나 다시 돌아올 때까지 여러 가지 목표가 있었다. 그중 제일 큰 목표는 아무 탈 없이 몸 건강히 한국에 돌아오는 것이었고 두 번째는 새로운 문화, 새로운 환경 등 새로운 것을 보고 경험하며 안목을 넓히는 것이었다. 목표대로 2022년 10월 3일에 시작해 2024년 3월 26일까지 총 37개국 119개 도시를 541일간 여행하며 많은 것을 경험했다.

이 책에 쓰여 있는 것이 내 경험의 전부는 아니지만 중요하게 생각한 것들을 적어 놓은 것이다. 경험한 것들로 인해 뭐가 바뀌었냐고 물어볼 수 있다. 내면적인 부분이기에 많은 게 바뀌었다고 말은 못 하지만 확실한 건 여행 가기 전과 여행 갔다 온 후의 나는 다르다는 것이다. 여행 가기 전에는 군대 전역 후 공무원이 되려고 했으나 여행을 하며 내가 정한 목표에 의구심이 들었고 현재는 남들에게 내가 가지고 있는 긍정적인 에너지를 전달해 주는 사람이 되고 싶다. 여행을 떠나지 않아 새로운 경험을 하지 않았더라면 아마 소방공무원을 준비했을 거다.

이처럼 경험의 차이는 생각의 차이와 같다고 본다. 또한 경험이란 자신이 직접 겪어 봐야 아는 일이다. 내가 해 보지 않고서는 절대 모른다.

세계여행을 하기 전 매체를 통해 본 세계여행은 그저 즐겁고 행복만 가득한 걸로 보였지만 막상 현실로 다가온 세계여행은 어려움의 연속이었다. 언어의 장벽, 음식 및 생활 문화, 인종차별, 외로움 등등 남들이 봤을 땐 그저 즐겁고 행복한 걸로 보이지만 현실은 매일이 행복하지 않다는 것이다.

사람은 모두 다른 인격을 가지고 있어 같은 경험을 한다 한들 다른 값이 나온다. 그래서 누군가 먼저 해 봤다고 조언을 해도 그의 말은 참고만 하고 직접 해 보길 바란다.

끝으로 하고 싶은 말이 있습니다.

경험을 두려워하지 마세요.

겪어 보지 않은 자 느낄 수 없고 시도하지 않은 자 말할 수 없습니다.

"인생은 수많은 점으로 이루어졌고, 지금 이 순간에도 새로운 점들이 만들어진다. 그리고 새로 만들어진 점들은 미래에 어떤 식으로든 다른 점과 이어질 거라 믿어야 한다."

－스티브 잡스－

나의 내면을
볼 수 있는 시간

혼자 어떤 것까지 해 보셨나요?

학교를 빨리 진학한 나는 고등학교 졸업 후 만 18세에 목표대로 UDT에 입대한다. 집을 떠나 본 적이 없었지만 어쩔 수 없이 전주에서 차로 3시간 걸리는 진해로 떠났다. 3월에 입대해 9월에 수료식을 마치고 동기들은 술을 마시며 놀 때 같이 어울려 놀지 못했다.

왜냐고?

군대에 들어가 총 쏘는 법을 배웠지만 아직 술을 마실 수 있는 합법적인 나이가 아니었기에 술집에 들어가지 못했다. 술집에 들어가지 못하게 되자 자연스레 혼자 있는 시간이 많아졌고 해가 바뀌어 성인이 되어서도 그전과 상황은 비슷했다(지금은 매우 잘 지냄). 가끔 술 마시고 싶거나 어디 놀러 가고 싶을 때 동기들에게 연락할 때도 있었지만 여의치 않으면 혼자 나갔다.

처음엔 혼자 해 본 거라고는 운동밖에 없어서 꺼려 했다. '사람들이 이상하게 쳐다보면 어떻게 하지?'라는 생각을 많이 했지만 내가 먹고 싶고 해 보고 싶은 거니까 그냥 했다. 막상 해 보니 별거 없다는 것을 느꼈고 처음에는 집 근처 술집에서 시작해 점차 거리를 벌려 부산, 서울, 제주도까지 혼자 놀러 다녔다. 이때 혼자 한다는 것에 자신감이 생겨 홀로 세계여행까지 떠날 수 있었던 거 같다.

혼자 여행을 하다 보면 심심할 때가 있다. 하지만 나를 돌아볼 수 있는 시간과 나란 사람이 어떤 사람인지 알 수 있는 시간이 되기도 한다. 또한 복잡한 머릿속을 정리하거나 비워낼 수 있다. 그렇다고 여행에서만 이런 시간을 가질 수 있는 건 아니다. 혼자 술을 마실 때도 생각 정리를 할 수 있다. 이러한 혼자만의 시간은 자신을 되돌아보고 발전시킬 수 있는 큰 디딤돌이 된다.

가끔 사람들에게 물어본다.

"혼자 뭐까지 해 봤어요?"

뒤이어 말을 붙이길.

"혼자 여행 가 보세요, 도움이 많이 될 겁니다."

"혼자만의 시간은 나를 돌아볼 수 있고 지금 가지고 있는 복잡한 생각을 정리할 수 있게 만들어 줘요."

"경치 좋은 데 가서 자리 잡고 그냥 멍때리세요. 그리고 마음이 편안해졌다면 자기 자신만을 생각하면 됩니다."

나를 찾고 싶거나 복잡한 생각이 있다면 떠나 보세요.

그게 어디든 좋습니다.

단 혼자서.

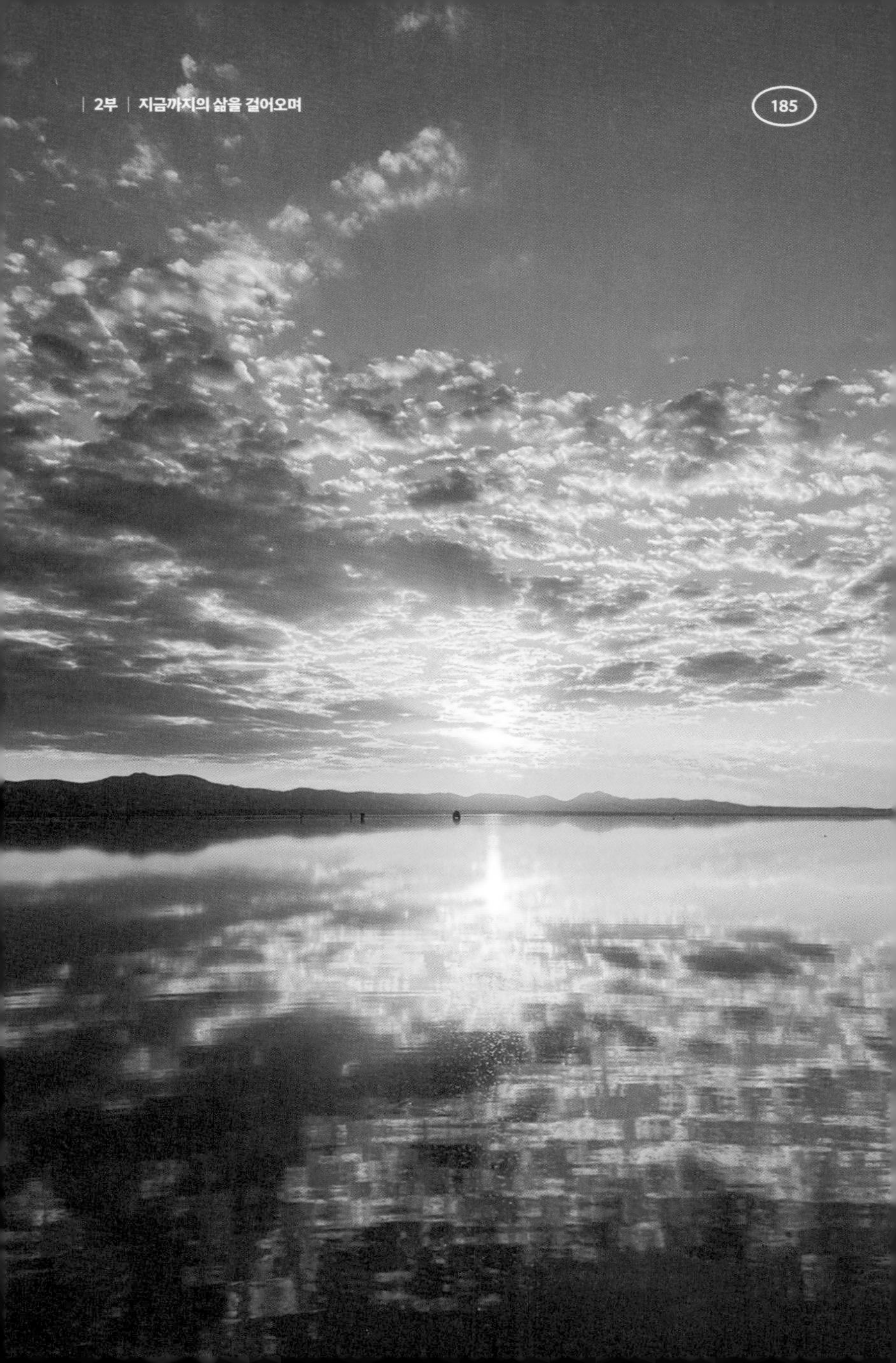

건강과 정신을
되찾아 주는 것

일주일에 몇 번 운동을 하시나요?

삶을 즐겁게 살기 위해서는 다양한 방법들이 있다.

여행을 가거나 친구들과 술을 마시거나 게임을 하는 등등 사람마다 다양한 방법으로 자신의 삶을 즐겁게 만들고 싶어 한다. 많은 방법들 중 내가 추천하는 방법은 꾸준히 운동을 하는 것이다. 나도 처음에는 운동이 습관이 되지 않았다. 하지만 운동을 꾸준히 하다 보니 지금은 운동을 안 하면 컨디션이 떨어지고 기분이 우울해지는 상황이 돼 버렸다. 이렇다 보니 세계여행을 하면서도 각 나라의 헬스장을 찾아다니며 주 2~3회씩 운동할 정도로 운동에 중독됐다.

삶을 즐겁게 만드는 방법 중 하나로 운동을 해야 하는 이유는 여러 가지가 있다.

1. 운동할 때만큼은 잡생각이 나지 않는다.
2. 몸이 좋아져 자신감과 자존감이 올라간다.
3. 운동은 건강을 좋게 해 줌과 동시에 좋은 정신을 갖게 해
   준다.
4. 운동을 해냈다는 것으로 성취감을 얻을 수 있다.

등등 많은 이유들이 있지만 내가 말하고자 하는 이유는 3
번이기에 3번에 대해 말하고자 한다.

모든 사람들이 운동에 관심을 한 번쯤 보였을 것이다. 저
체중인 사람이면 '열심히 헬스 해서 근육을 만들어 체중을 올
려야지.'라고 생각했을 거고 비만인 사람이라면 '다이어트를
해야겠다.'라고 생각해 봤을 것이다. 처음에는 목표가 확고
하기 때문에 열심히 하지만 중간쯤 되면 음식의 유혹과 운동
하기 귀찮아져 다들 소홀해지기 시작한다. 그렇게 시간이 흐
를수록 내가 세워 놨던 목표는 잊어버리게 되고 점차 운동과
멀어지게 된다. 하지만 여러분도 알다시피 과체중과 저체중

은 우리 몸에 많은 악영향을 끼친다. 과체중인 경우 다양한 지병을 유발할 수 있고 저체중인 경우 면역 체계 약화 및 여성의 경우 불규칙한 생리를 일으킬 수 있다. 하루하루 언제 터질지 모르는 시한폭탄을 갖고 있기보다는 튼튼한 몸을 가져 건강에 문제없는 삶을 사는 게 좋다고 생각한다.

운동으로 건강한 몸을 가졌다면 전보다 훨씬 좋은 정신을 가졌다고 말할 수 있다. 먼저 운동을 해냈다는 것에 성취감을 얻을 수 있고 이 전보다 좋은 몸을 갖게 되면서 자존감과 자신감이 높아질 수 있다. 또한 스트레스를 받으면 코르티솔 수치가 올라가는데 운동을 통해 코르티솔 수치가 올라가는 것을 막고 예방할 수 있다.

이러한 말도 있지 않은가.

"머리가 복잡하면 밖으로 나가 심장 터질 때까지 뛰어라."

이외에도 운동이 정신에 어떠한 영향을 주는지 궁금하다면 많은 것들이 있으니 검색해 보길 바란다. 이렇듯 운동은 몸을 좋게 만들고 정신 또한 맑게 해 준다.

달리기, 헬스, 유도, 수영, 요가, 산책 등등 어떤 것을 하든 상관없다. 그저 하루에 30분이라도 몸을 움직여 주면 된다.

쉬는 날이라고 집에서 하루 종일 누워 핸드폰만 하지 말고 운동화를 신고 공터에 가든 집 앞에 있는 헬스장을 가든 집에서 벗어나 몸을 움직여라.

귀찮겠지만 운동이 끝나고 나면 당신의 기분은 한층 좋아져 있을 것이다.

나를 깎아내리는
멍청한 짓

~~~~。

당신의 자존감은 높나요?

자존감이란 살면서 꼭 가져야 할 것 중 하나라고 생각 든다.

지금 나는 몸도 어느 정도 봐 줄 만하며, 하고 싶은 것을 차근차근 해내는 과정이 많았기에 스스로 자존감이 높다고 생각한다. 하지만 살아오면서 항상 자존감이 높았던 것은 아니다.

때는 중학교 시절, 아무래도 사춘기가 찾아오고 외모에 관심이 많아지는 나이였기에 나 역시도 외모에 관심이 많았다. 학창 시절 남자라면 복근을 가지고 싶어 했고 여자라면 S라인을 얻고 싶어 해 방학만 되면 다들 헬스장에 다니는 모습을 볼 수 있었다. 물론 성공하는 이는 거의 없었겠지만.

비만이 아니었던 나는 적당한 뱃살을 가지고 있었지만 다들 갖고 있기에 심리적으로 문제가 되지 않았다. 하지만 나에게 가장 큰 문제가 하나 있었으니 그건 바로 허벅지. 아버지가 주신 유전자로 태생적으로 남들보다 큰 뼈를 가지고 태어났으며 지금까지도 나보다 무릎뼈가 큰 사람을 못 봤을 정도로 유독 하체 뼈가 남들보다 크다. 이로 인해 학창 시절 남들보다 1.5~2배 큰 허벅지를 가지고 있었고 기성복을 사러 가면 거의 모든 바지가 허벅지에 끼어 못 입을 정도였다. 그렇다고 허벅지에 맞추니 허리가 너무 헐렁해 바지 핏도 이상해져 교복 입을 때를 제외하고는 어딜 가나 항상 축구 반바지를 입었다. 축구 반바지를 생활화하다 보니 졸업 사진 찍을 때도 축구 반바지를 입고 올까 봐 친구들이 걱정한 적이 있었고 한번은 같은 학년의 여자 친구가 이렇게 말했다.

"너는 허벅지가 너무 두껍다, 빼면 괜찮을 거 같은데."

이렇다 보니 허벅지는 나에게 콤플렉스였고 자존감이 낮아지는 이유였다. 그렇게 중학교를 졸업하고 고등학교에 입학했다.

이때부터였다.

콤플렉스였던 허벅지가 자랑거리가 되기 시작한 순간이.

고등학교 2학년 때 특수부대에 가기로 마음먹고 운동과 식단을 시작했다. 운동을 시작하며 헬스장에 다녔는데 트레이너 형은 나보고 하체가 좋다며 칭찬을 해 줬고 지방이 빠지니 자연스레 허벅지 두께는 전보다 얇아졌다. 다리 두께가 얇아지니 기성복 또한 입을 수 있게 됐고 이때부터 자존감은 서서히 올라가기 시작했다.

그리고 생각했다.

'부모님, 좋은 유전자 물려주셔서 감사합니다.'

그리고 깨달았다.

스스로 허벅지라는 콤플렉스에 사로잡혀 자존감을 낮추고 있었다는 것을.

자존감이 높고, 낮음의 문제는 주변 환경에 영향을 받을 수 있지만 **제일 중요한 것은 자기 스스로를 어떻게 생각하냐는 것이다.**

자기 스스로 깎아내리고 욕하는 짓.

얼마나 무지한 일인가?

목표를 이루면
나는 누군가의 목표가 된다

당신의 목표는 무엇인가요?

이 글에 앞서 목표와 꿈은 다르다고 말하고 싶다.

목표는 이루고자 하는 실현 가능성이 있는 것이고 꿈은 실현 가능성이 없는 헛된 기대나 생각이다. 이해가 안 되는 사람이 있을 거 같아 예시를 들어 설명하겠다.

"제 목표는 1000억 자산가가 되는 겁니다."

이건 당신이 어떻게 하냐에 따라 1000억을 벌 수도 있고 못 벌 수도 있는 상황이다. 실현되기 힘들다고 생각하겠지만 그렇다고 못 이루는 현실은 아니다.

빌 게이츠도 태어날 때부터 부자는 아니었다.

다른 예시를 들어 보겠다.

"제 목표는 어린 시절로 돌아가는 겁니다."

이건 실현 불가능한 상황이다. 그래서 목표라는 단어를 꿈
으로 바꾼다면 문장이 매끄러워진다.

"제 꿈은 어린 시절로 돌아가는 겁니다."

이렇듯 목표와 꿈은 다르다는 것을 알려 주고 싶었다.

나의 초, 중학교 시절 목표는 딱히 없었다. 남들과 똑같이
학교에 다녔고 친구들과 놀기도 하면서 지극히 평범한 삶을
살았다. 하지만 고등학교 진학 후 목표가 생긴다. 어렸을 때
부터 소방관이라는 직업에 관심이 많았고 특히 구조 분야에
관심을 두고 있었다. 자세히 알아보니 구조대는 특수부대를
전역한 사람들이 특채로 시험을 봐서 간다는 것을 알게 됐고
그때부터 특수부대에 가기 위해 학업이 아닌 운동에 전념하
기 시작했다.

어머니의 반대는 심했다.

남들처럼 살면 안 되냐며 대학에 진학하라고 말했지만 아무리 생각해도 내가 잡은 목표가 나한테 더 좋은 길이고 하고 싶은 것이었기에 어머니의 반대에도 불구하고 특수부대에 가기로 마음을 굳혔다. 친구들은 공부할 때 나는 수영, 헬스, 요가, 달리기, 산 뛰기 등등 운동을 하며 내 선택에 최선을 다했다. 그렇게 18년 3월 5일 UDT에 들어가게 됐고 시련이 찾아오지만 극복하며 수료하게 된다.

시간이 흘러 어느새 전역을 코앞에 바라보고 있을 때 두 번째 목표가 생긴다. 그건 바로 배낭여행을 떠나는 것.

해외를 가 본 건 고등학교 졸업 후 친구들과 갔던 말레이시아 여행과 파병(UAE)이 전부였지만 왠지 모르게 두려움이 없었다. 어차피 사람 사는 곳이고 무슨 일이 벌어져도 '어떻게든 되겠지.'라는 생각뿐이었다.

두 번째 목표를 이루기 위해 전역 후 세계여행 할 때 필요한 것들을 준비하기 시작했다. 모든 준비를 끝마치고 여행을 떠나게 됐고 나의 여행기를 공유하고자 유튜브〈델타의 여행 일지〉에 영상을 업로드하고 인스타그램(delta__jin)에 사진을 올리며 재밌고 안전하게 여행하고 있다는 걸 보여 줬다. 그랬더니 몇몇 분들에게 연락이 오기 시작했다.

생전 모르는 사람들이었지만 응원의 메시지와 함께 당신처럼 되고 싶다는 메시지를 보내 왔고 개중에는 자신의 집안 사정까지 말하며 많이 힘들지만 내 게시물을 보고 다시 힘을 내겠다는 사람도 있었다. 살면서 이런 적은 처음이었고 '내가 살아온 길이 누군가에겐 힘이 되고 목표가 될 수 있구나.'라는 걸 알게 되는 순간이었다. 또한 나처럼 되고 싶다는 사람들 그리고 내 게시물을 보고 힘을 낸다는 사람들에게 연락이 올 때마다 다시 다짐하게 됐다.

'더 열심히 살아서 내가 목표한 것은 다 이뤄야겠다'는 다짐.

나의 세 번째 목표는 책 집필을 하는 거다. 이 책을 읽고 있다면 세 번째 목표도 이뤘다고 생각하면 된다.

**당신의 목표를 이룬다면 저는 자신 있게 말할 수 있습니다.
말을 하지 않고 표현하지 않아도 어떤 누군가는 당신을 목표로
생각하고 있다고.**

목표를 바라보는 방법

당신의 목표는 무엇인가요?

살다 보면 자연스럽게 목표가 생기기 마련이다.

억만장자가 되는 것, 남들처럼 평범하게 사는 것, 몸짱이 되는 것, 좋은 차를 갖는 것 게임을 잘하는 것 등등 서로 다른 지향점을 가지며 목표를 세운다. 하지만 누군가는 이러한 것들을 꿈이라고 생각할 수 있다.

꿈과 목표는 다르다.

앞의 주제에 나온 부분이지만 강조하고 싶은 부분이기에 다시 한번 말하겠다. 꿈은 실현 불가능한 것이고 목표는 실현 가능한 것이다. 하지만 목표를 달성하다 보면 꿈에 가까워질 수도 있다. 지금부터는 꿈에 가까워지기 위해 목표를 이루는 방법에 대해 말하고자 한다.

　때는 대학 진학을 포기하고 UDT에 가기로 마음먹은 시점이다. 그때 당시 달리기는 반에서 반타작할 정도로 평균 이하였고 수영은 20m만 가도 퍼지는 수준에 근력 또한 턱걸이 3개밖에 못 하는 신체 능력을 가지고 있었다. 하지만 내가 정한 목표는 UDT였고 지금 내 신체 능력으로는 훈련은커녕 시험에서 떨어질 게 분명해 체력 훈련을 시작했다.

　먼저 달리기 훈련을 진행했다.

　10km는 충분히 뛸 수 있을 거라는 생각에 야심 차게 출발했지만 3km도 못 가 심장은 터질 것 같았으며 뛰는 속도는 남들이 걷는 속도와 비슷해 포기하고 말았다. 처음부터 욕심만 과해 체력에 맞지 않는 목표를 설정한 것이다. 나의 수준을 깨닫고 다음 달리기 훈련을 3km로 잡으니 완주할 수 있었다.

　그때 깨달았다.

　'체력에 맞지 않는 목표를 설정하면 실패했다는 결과에 스스로 실망감을 가지게 되는구나.'

　그 이후 몸에 맞춰 훈련 강도를 설정했고 점차 달리기 실력이 늘기 시작했다.

수영 훈련을 할 때도 달리기 훈련을 할 때와 비슷했다. 물에 대한 공포증이 없고 어렸을 적 계곡에서 개헤엄을 쳤던 기억으로 수영장에 처음 간 날 500m를 목표로 잡았다. 벽을 박차고 앞으로 얼마나 갔을까 코와 입에 물이 들어오기 시작했고 팔과 다리에 힘을 잔뜩 주니 몸이 점점 가라앉아 그대로 일어났다. 겨우 20m 정도 가고 나서 말이다. 아직도 그때 숨을 헐떡이던 모습이 생생하게 기억난다.

내 수영 실력의 심각성을 깨닫고 네이버 검색으로 수영을 배웠다(당시엔 유튜브가 활성화되지 않았다). 이해가 안 되는 부분은 맞은편에서 사람이 올 때 잠수해 그 사람들의 움직임을 보고 따라 하며 연습했다. 그렇게 평형과 자유형을 독학하는 데 50일 정도 걸렸다. 몇 개월의 시간이 흐른 뒤 20m밖에 못 갔던 수영 실력은 2km를 안 쉬고 갈 수 있는 실력이 됐다. 이러한 방식으로 근력, 근지구력, 유연성 등등 신체 능력을 차근차근 성장시켜 UDT 훈련을 수료하게 된다.

사람들은 자신이 이루고자 한 목표를 세우고 한 걸음 갈 때마다 어느 정도 왔는지 최종 목표를 쳐다보곤 한다. 하지만 100 중에 0.1만큼 왔다는 걸 알게 되면 실망감과 좌절감에 빠져 포기하는 사람이 나타난다.

　나 또한 한 걸음 갈 때마다 최종 목표만 바라봤다면 처음 수영과 달리기를 했을 때 느꼈던 좌절감과 신체 능력에 대한 실망감으로 포기했을 것이다.

　목표를 정하고 그 목표를 이루기 위한 작은 목표를 세워보세요.

작은 목표를 하나씩 이루다 보면 당신도 모르는 사이 최종 목표에 도달해 있을 겁니다.

눈치는 개나 주고 떠난 나 홀로 세계여행

삶은
선택의 연속이다

A와 B 중 무얼 선택하시겠습니까?

살면서 얼마나 많은 선택을 하셨나요?

사소한 거든 큰 거든 인생은 매 순간이 선택인 것 같다. "점심밥 뭐 먹지?", "시험 문제 몇 번으로 찍어야 맞을까?", "오늘은 뭐 하면서 놀지?", "어떤 대학교를 가야 되지?", "어떤 회사를 들어가야 하지?" 등과 같이 매 순간 우리는 선택의 갈림길에 서 있다.

이 글을 쓰는 지금은 그리스 아테네에 있다. 따사한 햇살을 맞으며 멍때리고 있으니 문득 든 생각이 있다. 지금까지 살면서 매 순간이 선택의 갈림길이었지만 내가 선택한 것에 대해 후회가 하나도 없다는 점이다.

"어떻게 후회가 하나도 없을 수 있지? 저건 거짓말이야."

이렇게 생각할 수 있다. 솔직히 단 0.1%라도 후회가 없다는 건 거짓말이다. 하지만 A 아니면 B를 선택해야 하는 상황에서 항상 후회가 적은 쪽을 선택했다. 지금부터 내가 사용하고 있는 제일 합리적인 선택의 방법에 대해 말하고자 한다.

1. 남의 말이 곧 답이 아니다.

고민이 생기면 혼자 해결하는 사람도 있지만 주변 사람과 얘기하며 위로받고 조언을 얻고 싶어 하는 사람도 있다. 아마 대부분이 후자일 거라고 생각한다. 전자가 됐든 후자가 됐든 고민 정리가 된다면 좋은 방법이라고 생각하지만 후자인 사람들에게 하고 싶은 말이 있다.

"남의 조언은 말 그대로 조언일 뿐 맹신하지 말라."

가끔 보면 조언이 정답인 줄 알고 그대로 시행하는 사람들이 있다. 그런 사람들에게 말해 주고 싶다.

"참 어리석은 행동을 하시네요."

아무리 설득력이 있고 논리가 뒷받침된다 한들 그 사람은 당신의 입장이 아니고 당신이 처한 상황에 있지도 않다. 혹여 그전에 당신이 처한 상황을 먼저 겪은 사람일 수도 있겠지만 그 사람과 당신은 성격부터 모든 게 다르기에 100% 당신 입장에서 바라볼 수 없다. 그렇다고 나를 위해 해 주는 조언과 따스한 말들을 믿지 말라는 것이 아니다. 해결 방안을 제시해 주는 상대방에게는 고마움을 표시하되 선택에 따른 책임은 온전히 당신의 몫이니 남의 말은 참고만 할 뿐 결정은 당신이 주체가 되어 내려야 한다는 것이다.

누군가의 말대로 했다가 원하는 결과가 안 나왔을 땐 **그 누구도 탓할 수 없다.**

그리고 **그 누구도 당신의 인생을 대신 살아 주지 않는다.**

2. 선택에 따른 시뮬레이션을 돌려 봐라.

작자의 경우 첫 번째 큰 갈림길은 대학 VS 군대였다.

선택의 기로에 서 있을 때 후회 없는 선택을 하기 위해서는 시뮬레이션을 계속 돌려 봐야 한다. 그래서 나는 대학 갔을 때의 모습과 군대 갔을 때의 모습을 계속 돌려 봤다.

참고로 고등학교 시절 작자의 목표는 소방 구조대였다. 그래서 특채로 시험 보기 위해 특수부대를 관심 있게 봤고 내 한계가 어디인지 겪어 보고 싶어 UDT에 지원했다(현재는 세계 여행을 다녀온 뒤 목표가 바뀌었다).

먼저 대학 갔을 때 시뮬레이션이다.

대학교에 마땅한 구조 관련 학과가 없으니 (2016년 기준) 소방 관련 학과에 들어간다. 장학생이 아닌 이상 4년간 등록금을 내야 한다. 공부도 하고 새로운 친구들을 만나 MT도 가고 술도 마시다 보면 나라의 부름으로 1년 6개월간 군대를 간다. 시기를 잘 맞춰 복학한다 한들 25세에 졸업할 거고 대략 1년간 공부해서 붙는다고 하면 26~27세에 소방공무원에 합격한다.

다음은 군대 갔을 때 시뮬레이션이다.

4년 6개월이라는 시간은 길지만 월급을 받으며 남들이 겪어 보지 못한 경험을 해 본다. 24세에 전역하며 가고 싶었던 구조대를 특채로 갈 수 있는 조건이 되고 대략 1년간 공부하여 붙는다고 하면 25~26세에 합격한다. 그리고 4년 6개월의 군 생활이 호봉으로 인정된다.

대학에 갔을 땐 돈을 소비해야 하는 상황이지만 군대에선 돈을 받는 상황이 된다. 또한 대학을 가면 소방 합격 나이가 26~27세인데 군대에 갔을 땐 소방 합격 나이가 25~26으로 1~2년 정도 더 빨라진다. 처음부터 이런 시뮬레이션이 나온 것은 아니다. 한 번, 두 번, 세 번, 백 번, 천 번을 돌리다 보니 최종적으로 나온 답인 것이다.

이런 식으로 A가 됐든 B가 됐든 이미 된 것처럼 생각하고 시뮬레이션을 계속 돌리다 보면 어떤 것을 선택했을 때 조금 덜 후회가 되고 내 인생에 더 도움이 되는지 엿볼 수 있다.

고민이 있다면 도움을 받되 참고만 하고 **선택은 온전히 내 생각으로 해야 한다.**

그리고 선택하기 전 시뮬레이션을 계속 돌려 봐라.

덜 후회하는 선택이 눈에 보일 것이다.

그 누구도 원망하면 안 된다.

아무도 당신의 삶을 대신 살아 주지 않는다.

할 수 있다는
확신

확신이란 언제 드는 생각일까요?
1+1=2 이런 것처럼 답이 정해져 있는 것만이
확신일까요?

고등학교 2학년 때 목표가 생겼다. 앞선 글을 봤다면 알다시피 UDT 대원이 되는 것이 목표였다. 인문계를 다녔지만 UDT를 가겠다고 마음먹은 뒤 공부를 포기하고 운동에 전념했다. 그렇게 운동에 전념하고 있던 때 고등학교 친구의 권유로 UDT 캠프(지금은 안 한다)에 가게 됐다. 5박 6일간의 캠프에서 UDT가 어떠한 곳인지 더 정확히 알게 됐고 마지막 날 팀별로 게임을 하는데 우리 팀이 1등을 했다. 그 결과 팀 내에서 한 명만 상을 받을 수 있었고 운이 좋게 내가 받게 됐다. 이날을 계기로 더 확실하게 UDT에 가겠다고 못 박았다.

시간이 지나 친구들이 여기저기 대학 원서를 넣고 수능을 준비하고 있을 때 나는 해군에 지원서를 넣었다.

이때부터였다.

시험에 합격만 하면 UDT 대원이 되는 거라고 생각한 것이.

참 웃긴 일이지 않은가?

필기와 실기 그리고 면접을 통해 합격을 하더라도 제일 중요한 6개월이란 훈련을 버텨야 하는데 고작 시험에 합격했다고 UDT 대원이 됐다고 생각한다는 것이.

시험 날이 다가와 필기를 봤고 필기 합격으로 몇 주 뒤 실기와 면접을 보고 최종 결과를 기다리며 친구들과 해외여행을 떠났다. 여행 중간에 시험 결과가 나왔고 떨리는 마음으로 핸드폰을 손으로 가리고 천천히 내리면서 화면을 주시하니 '축하합니다.'라는 글자가 눈에 들어왔다. 시험에 합격한 것이다.

막상 시험에 합격하니 앞으로의 훈련 과정이 두려웠냐고?

전혀.

어느 때보다 시간은 빠르게 흘러 입대 날짜가 다가와 아버지와 함께 진해로 향했다. 이때 재밌는 일이 벌어졌다. UDT 캠프에서 알게 되어 같이 준비하던 친구와 두 명의 형도 시험에 합격해 부대 정문 앞에서 입소를 기다리고 있던 상황이었다. 들어갈 시간이 다가오자 친구와 형들의 부모님은 나한테만 자기 아들 잘 부탁한다고 말을 했고 마지막 인사를 건네며 부대 안으로 들어갔다. 참고로 네 명 중 내가 제일 어렸다. 지금 와서 생각해 보니 확신에 찬 표정으로 인해 그런 일이 벌어진 것 같다고 생각 든다.

결과는 어떻게 됐냐고?

여러분도 알다시피 나는 UDT 대원이 됐고 친구와 형들은 퇴교했다.

1+1=2와 같이 확고한 정답처럼 당신의 목표에도 확고한 확신을 가져라. 확신을 갖게 된다면 확신을 현실로 바꾸기 위해 수많은 노력을 할 것이다.

노력만 있고 확신이 없을지라도 이뤄 내는 사람이 있다.

하지만 **노력과 확신을 같이 가지게 된다면 그 시너지는 배가 될 것이다.**

훈련 전
누울 수 있는 이유

~~~◦

어떠한 일이 주어지든
책임감을 가지고 하는 편인가요?

나는 성격상 리액션이나 오버액션을 잘 못 한다. 그걸 알게 해 준 곳이 군대였다. 첫 팀 배치를 받을 때 다른 팀에는 3~5명씩 갔지만 우리 팀에는 나와 단 한 명의 동기가 끝이었다. 막내가 두 명이라 어쩔 수 없이 비교의 대상이 되기 시작했다. 앞서 말했듯이 나는 리액션을 잘하지 못하지만 동기의 리액션은 어디서 배워 왔나 싶을 정도로 정말 최고였다.

한 날은 창고에서 장비 작업을 하고 있었고 선배가 사무실에서 펜을 가져오라고 시켰다. 동기가 그 말을 듣고 액션을 취하니 선배들이 웃기 시작했다. 그러고는 한 선배가 날 부르더니 한심한 눈빛으로 쳐다보며 이렇게 말했다.

"야, 너는 쟤처럼 리액션이 없냐? 좀 해 봐."

하지만 인간이 가지고 있는 성격은 하루아침에 고쳐지는 게 아니기 때문에 이런 말을 듣는다 한들 동기만큼 리액션을 할 수 없었다. 내가 잘할 수 있는 거라곤 해야 하는 일과 훈련할 때 주어진 임무를 최선을 다해 완수하는 것이었다(그렇다고 사회성이 결여된 사람은 아니다). 그렇게 1년, 2년 시간이 지나니 선배들이 나를 대하는 태도가 점차 바뀌기 시작했다.

전술의 이해도가 높았던지라 주어진 임무 외에도 다른 것들을 볼 수 있었다. 그로 인해 훈련이 끝난 후 브리핑할 때 조금 더 좋은 방향의 전술을 얘기하거나 간과했던 부분들을 거침없이 얘기했다. 이렇다 보니 더 이상 리액션이 좋지 않다고 뭐라 하는 선배는 없었고 나를 인정해 주는 선배들이 많아졌다(물론 리액션을 원하는 선배들은 나를 싫어했지만 행색으로 뭐라 할 수 없었다).

　군 생활 1년 차 때 아랍에미리트로 8개월간 파병을 가게
됐다.

　패스트로프 훈련(굵은 로프를 타고 10m 정도 되는 높이에서 하강
하는 훈련 방식)을 하러 훈련장에 도착했는데 헬리콥터가 30분
지연된다는 소식을 들었다. 2년 차, 5년 차, 11년 차 등등 나
보다 군 생활을 많이 한 선배들이 있었는데 헬기가 지연됐다
는 소식에 그 자리에서 헬멧을 베개 삼아 땅바닥에 누웠다.

　상상이 안 가지 않나?

　고작 군 생활 1년 차가 훈련 전 누워 있다는 것이.

　이러한 행동은 실수 없이 임무를 소화해 내며 맡은 업무를
확실히 하는 등 내가 해야 하는 일에 대해 책임감 있게 소화
해 내니 할 수 있는 행동이었다.

　실수가 많고 훈련도 제대로 못 하는 자가 과연 이런 행동
을 할 수 있겠는가?

　참고로 UDT는 할 때 확실히 하고 쉴 때 어떻게 쉬든 아무
도 뭐라 하지 않는 분위기다(물론 사람에 따라 다르다).

　시간이 흘러 군 생활 4년 차 곧 전역을 앞둔 시기가 됐다.

　우리 팀이 미군과 연합 훈련을 하게 됐고 인원 선발은 총

열네 명이었다. 중대장님과 팀장님들이 인원을 뽑는데 곧 전역을 앞둔 나를 두고 데려갈지 말지 고민하는 듯 보였다. 회의 시간이 얼마나 지났을까 한 팀장님이 내게 다가와 이렇게 말했다.

"델타야, 가자."

연합 훈련을 가고 싶었지만 전역이 얼마 안 남은 상황이라 어필하지 못하고 있었는데 기분 좋은 대답을 들은 것이다. 이렇듯 나의 책임감 있는 행동들은 나를 편히 쉬게 해 줬고 선배에게 인정받고 후배한테 존경받는 사람으로 만들어 줬다.

책임감이란 자신이 맡은 바 임무를 다 하는 것이다.
어디를 가든 어떤 집단에 들어가든 꼭 필요한 것이라고 생각한다. 몇 년을 준비하여 들어간 회사든 지인의 부탁으로 단 몇 시간만 일하게 된 곳이든 당신이 어떠한 집단에 속해 있으면 그 집단에 피해 주면 안 되고 책임감을 갖고 최선을 다해야 한다. 하지만 책임감을 갖고 일하고 성과를 낼지라도 아무도 알아주지 못할 때가 있을 것이다.

실망하지 말고 어떠한 것도 바라지 마라.

무언가를 바라며 일을 하다 보면 실망만 늘어나고 결국 책임감
이란 단어는 잊어버린 채 이것저것 따지기 바쁠 것이다.
책임감을 갖고 일한다면 언젠가 당신의 노력은 그대로 당신에게
돌아오게 되어 있다.

발목이 부러져
네발로 걷다

당신에게 제일 큰 시련은 무엇이었나요?

2018년 3월 5일 비가 추적이고 쌀쌀한 바람이 부는 날이었다. 진해 해군기지 앞에서 아버지와 마지막 인사를 끝으로 UDT 훈련을 받기 위해 해군기지 안으로 들어갔다.

UDT 훈련 기간은 6개월이며 매 순간 혹독한 교육이다. 또한 교육 기간 동안 밥을 먹기 위해서 밥걸이를(밥+턱걸이) 해야 한다. 단순한 턱걸이가 아닌 교관님의 호루라기에 의해 '삑' 소리가 나면 올라가고 '삑' 소리가 나면 내려와야 한다. 처음엔 4개로 시작해 한 주가 지날 때마다 1개씩 늘어난다.

하루하루 힘든 날의 연속이어서 그런지 시간은 느리게 흘러가는 것 같았지만 어느새 교육 5개월 차, 수료가 1달밖에 안 남은 상황이었다. 그날도 다른 날과 다름없이 아침 조회를 마친 후 밥을 먹기 위해 턱걸이 봉 앞에 집결해 있었다. 밥을 먹기 위해서는 20개가 넘는 턱걸이를 해야 했기에 긴장하고 있던 찰나 교관님의 지시가 떨어졌다.

"느그들 이제 턱걸이 안 해도 되잖아, 외줄 세 번씩 타고 밥 먹어."

우리에게 황금 같은 기회였다. 통제된 상황에서 하는 턱걸이보다 7m 외줄을 자율적으로 3번 타는 것이 더 쉬웠기 때문이다. 턱걸이 봉에서 외줄로 자리를 옮겼고 교관님의 지시대로 외줄을 타기 시작했다.

두 번은 쉽게 올라갔다 내려왔다. 마지막 한 번 남은 상황, 전완근에 힘이 빠졌고 몸은 무겁게 느껴졌지만 반동을 쓰며 힘겹게 다 올라간 뒤 내려오던 중이었다. 손아귀의 힘이 빠지기 시작해 밑을 확인하니 대략 지면과의 거리는 1m 정도로 보였다. 그래서 나는 잡고 있던 줄을 놨다. 부상을 방지하기 위해 쿠션이 있었지만 왼발만 쿠션을 밟았고 오른발은 발목이 꺾인 상태로 지면과 맞닿았다.

"뚜둑!"

떨어짐과 동시에 오른쪽 발목에서 난 소리다. 오른발을 들어 보니 발목에 힘이 하나도 없었고 안쪽으로 살짝 꺾여 있었다. 너무 놀란 나머지 안쪽으로 돌아간 발목을 땅바닥에 내려놓고 원상태로 꺾었다.

"뚜둑!"

이번에도 소리가 났고 느낌이 심상치 않았다.

동기들이 부축을 해 준다고 했지만 아드레날린이 솟구쳐 아픈 줄 모르고 절뚝이며 의무실로 향했다. 의무실에 도착 후 군화를 벗어 보니 상태는 심각했다. 발목이 심각하게 부어올라 복사뼈를 찾아 볼 수 없었던 것이다. 교관님들도 소식을 들었는지 의무실에 하나둘 찾아오기 시작했다. 그리고 내 발목을 보고 모든 교관님이 하는 말.

"이야… 이거 안 되겠는데?"

부정적인 교관님들의 말에 마음은 무거워지기 시작했다. 상태를 확인하기 위해 군 병원으로 이동하기 전 의무장님이 물어봤다.

"걸을 수 있겠어?"

다친 후 의무실까지 절뚝이며 걸어왔던지라 이렇게 대답했다.

"악! 걸을 수 있습니다."(UDT 교육을 받을 땐 '네' 대신 '악'으로 대답한다.)

하지만 아드레날린 분비가 끝났는지 오른발을 땅바닥에 내딛는 순간 참을 수 없는 고통이 밀려왔고 걸을 수 없다고 판단됐다. 결국 목발을 짚으며 응급차에 탔고 군 병원으로 향했다. 군 병원에 도착 후 X-ray를 찍었다(군 병원은 응급환자가 아닌 이상 예약된 환자가 많아 X-ray 외의 검사들은 몇 주 이상 기다려야 한다). 내 발목을 본 군의관님이 말했다.

"X-ray 상 뼈에 문제는 없지만 이 정도로 발목이 부은 거면 인대에 문제가 생긴 것 같다."

그렇게 별다른 조치 없이 교육대로 돌아와 2일 동안 교육 받지 않고 의무실에 누워 얼음찜질만 하고 있었다. 3일째 되던 날 얼음을 갈기 위해 절뚝거리며 식당으로 향했는데 그 모습을 본 교관님이 교육을 받을 수 있냐고 물어봤고 자동적으로 이렇게 대답했다.

"악! 받을 수 있습니다!"

그렇게 절뚝이며 훈련을 받았다. 어느덧 금요일이 다가왔고 다행히 외박을 나갈 수 있어 바로 집으로 향했다. 다음 날 아침 곧장 병원에 갔고 군 병원에서는 못했던 초음파 검사와 CT 그리고 X-ray도 다시 찍으며 결과를 기다렸다. 참고로 인대 문제는 MRI를 통해 정확하고 정밀하게 볼 수 있지만 시간이 많지 않아 MRI 검사는 하지 못했다.

검사 결과는 이러했다.

1. 거골 골절
2. 내측 인대 부분 파열
3. 외측 전 거-비 인대 파열
4. 족부 염좌

혹시나 하는 마음에 의사 선생님께 지금 상황을 말하고 훈련해도 되는지 물어봤다. 의사 선생님은 날 정신병자처럼 쳐다보며 약간 화난 말투로 이렇게 말했다.

"지금 발목이 많이 붓고 발목도 제대로 안 굽혀지는데 이 상태에서 훈련받다가 한 번 더 삐끗하면 그때는 어떻게 될지 장담 못 해요."

하늘이 무너지는 소리 같았다. 지옥 같던 5개월을 버텨 냈고 한 달만 교육받으면 수료하는 건데 왜 이런 시련이 온 건지. 머리가 멍해지며 밥도 들어가지 않았다. 주말은 어느 때보다 빠르게 지나갔고 부대로 복귀하는 시간이 다가왔다.

부대 복귀 후 교육기관의 교관님들과 대대장님, 대장님, 주임원사님까지 쉽게 말하면 교육기관에 관련된 A부터 Z까지의 교관님들을 다 만났다. 모든 교관님들은 계속 교육받는 것에 대해 걱정하며 이렇게 말했다.

"교육은 언제든지 다시 받을 수 있다. 하지만 지금 상태로 교육받다가 또 다치면 그땐 받고 싶어도 못 받는다."

발목 상태와 앞으로 남은 훈련들 그리고 의사 선생님과 교관님들의 말은 다친 다리와 비교가 안 될 만큼 내 마음을 후벼 팠다. 하지만 나는 절대 포기하고 싶지 않았다. 모두의 반대에도 불구하고 나는 렉 걸린 기계처럼 이 말만 반복했다.

"할 수 있습니다!"

나의 고집을 아셨는지 대대장님이 내게 말했다.

"다쳤다고 봐주는 거 없고 뒤처지면 퇴교하는 거야."

교육을 다시 받을 수 있다는 것에 기뻤고 '죽이 되든 밥이 되든 일단 부딪치고 생각해 보자.'라는 생각을 했다.

발목 보호대를 차고 군화를 신으려고 하자 발목이 너무 부어 군화가 들어가질 않았다. 과감히 보호대를 포기하고 압박붕대를 선택했고 일반인은 구할 수 없는 중증 마약성 진통제를 먹으며 너덜거리는 발목으로 훈련을 받았다. 배낭 메고 산 타는 훈련이 있으면 발목이 꺾이질 않아 엎드려 네발로 기면서 쫓아갔고 달리기를 하면 절뚝거리며 악착같이 쫓아갔다. 하지만 마지막 하프마라톤(21km)을 달릴 때 절뚝거리는 다리로 대열을 따라잡기 힘들었고 결국 낙오됐다. 절뚝이며 완주하겠다고 했지만 교관님은 다음에 뛰면 된다며 나를 말렸고 뒤따라오던 응급차에 타게 됐다.

처음으로 나 자신에게 분해 눈물이 멈추지 않았다.

그렇게 21km 달리기에서 낙오했지만 다른 훈련들은 악과 깡으로 어떻게든 소화하며 한 달이란 기간을 버텨 마침내 휘장을 달게 됐다.

시련이 찾아와도 자신의 목표가 확고하다면 어떻게든 이뤄 낼 수 있을 것이다.

혹여 시련이 찾아와 무너지게 된다면 내가 세워 놓은 목표가 진정 내가 원하는 것인지 다시 한번 생각해 볼 필요가 있다.

내 나이 열여덟 살.

시련을 이기는 법을 배웠다.

환자의 성명	김성진	성별	M	생년월일 2000
환자의 주소	전북 전주시 완산구 평화동2가 송정써미			
병 명 ■임상적 추정 □최종진단	1. 우 족관절 거골 골절 골절 2. 우 족관절 내측 인대 부분 파열 3. 우 족관절 외측 전 거-비 인대 파열 4. 우 족관절 및 족부 염좌			
발 병 일	년 월 일			진단

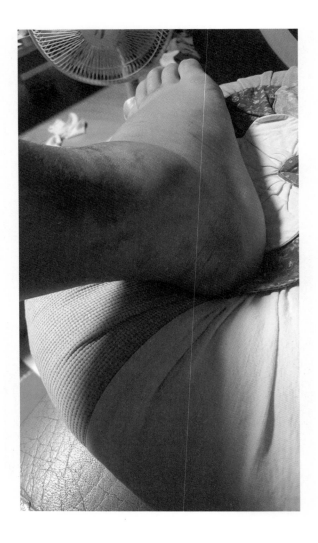

죽어라 뛰면
코피가 흐른다

어떠한 일을 할 때 당신의 마음가짐은 어떠한가요?
혹은 마음먹은 일을 전부 이뤄 내셨나요?

UDT/SEAL 64-1 장교/부사관 초급반 과정을 받을 때였다. 아침에는 52가지 UDT 체조와 구보를 하고 오후에는 수영 및 120kg에 달하는 IBS(고무보트)를 이용해 달리기와 노질을 한다. 그리고 밥 먹기 전에 하는 턱걸이와 교관님의 얼차려는 매일같이 지속돼 살면서 겪지 못한 고통을 겪게 된다. 또한 여러 가지 평가들은 수료하기 위해 몸부림치는 내 발목을 잡았다.

나에게 생전 처음 해 보는 90초 숨차기는 고난이었다. 물은 차가워 몸은 덜덜 떨렸고 숨을 머금고 들어가는 것도 내가 준비됐을 때 들어가는 것이 아닌 교관님의 신호에 맞춰 들어가야 했다. 그렇게 평가가 시작되고 몇 초가 지났을까 양옆의 교육생이 물 밖으로 나가는 소리가 들려왔다.

"푸우!"
"푸아아!"

아직 나의 한계는 오지 않았지만 양옆에서 나가니 심리적으로 부담돼 따라 나가게 됐다. 그렇게 1차 시도는 실패했고 다음 날 재평가 기회가 주어지는데 그날 훈련이 빨리 끝나 1차 시도 때 실패한 교육생들에게 한 번의 기회가 더 주어졌다. 이번에는 물속에서 죽겠다는 생각으로 숨을 머금고 들어갔다. 평소보다 시간은 느리게 흘러갔고 50초쯤 경과했을 때 컨트렉션이 찾아왔다.

'윽, 윽…….' 한계가 왔다는 뜻이다(궁금하신 분들은 숨을 참고 머리가 쥐어 터질 때까지 기다려 보세요 그러면 윽윽거리는 현상을 느낄 수 있습니다). 하지만 들어가기 전 다짐했던 것처럼 물속에서 죽는다는 생각으로 버티니 신기하게 약 10초간 편안해졌다. 그 후 컨트렉션이 다시 왔지만 물속에서 뜨지 말라고 밟아 주고 있는 동기 발목을 세게 잡고 악과 깡으로 버텨 내며 평가를 통과했다.

앞서 적은 훈련 과정은 정말 빙산의 일각에 불가하고 더 힘든 훈련들과 수많은 평가들이 우리를 맞이했다.

5일간 무수면 훈련이라든지 4박 5일간 물 2L로 버틴다든지 바다에서 10km가량을 수영한다든지 40kg 배낭을 메고 뛴다든지 일반인은 상상할 수 없는 훈련들이 찾아왔다. 하지만 지금 이 순간에도 시간이 흘러가듯 6개월이라는 시간이 흘러 165명으로 시작됐던 교육은 45명으로 끝이 났다.

이렇게 생각하는 사람도 있을 거다.

"수료한 45명은 원래 체력이 뛰어나고 정신력이 강해서 수료할 수 있었던 거 아닌가요?"

모든 사람이 그런 건 아니다. 그 전적인 예시가 바로 나다.

나는 UDT 입교 평가를 볼 때 3km를 13분 20초밖에 못 뛰는 거의 거북이 같은 수준이었다(참고로 육군 특급 기준이 12분 30

초다). 이렇다 보니 구보할 때 처지는 날이 있었고 그럴 때마다 고맙게 내 옆, 뒤에 있는 동기들이 날 밀어 줬다. 한 날은 대열에서 4~5m쯤 뒤처져 세 명의 교관님에게 마크당하며 구보를 뛴 날도 있었다. 교관님의 핀잔은 멈출 줄 몰랐고 낼 수 있는 힘이라는 힘은 다 쥐어짜니 결국 대열 끝에 합류하여 연병장에 같이 들어오게 됐다. 휴식을 취하며 앉아 있으니 갑자기 코피가 흐르기 시작했고 그 모습을 본 교관님은 이렇게 말했다.

"그래! 118번, 코피 날 때까지 죽어라 뛰는 거야!"

이렇듯 수료한 사람들 전부 처음부터 체력이 뛰어난 것은 아니다. 오히려 퇴교생들 중에는 수영 선수 출신, 체대생, 육상 선수 등 체력이 뛰어난 사람들이 많았다. 체력이 뛰어난 사람도 퇴교하는데(물론 다쳐서 퇴교하는 사람도 있다) 거북이 달리기를 했던 내가 어떻게 퇴교를 안 했는지 물을 수 있다.

마음가짐과 의지의 차이 때문이라고 말하고 싶다.

UDT 교육을 받기 전 절대 퇴교하지 않겠다는 마음가짐으로 교육을 받았고 그로 인해 아무리 힘들어도 퇴교 생각은

단 한 번도 하지 않았다. 오히려 사람들이 퇴교할수록 마음 속으로 '그래, 더 많이 퇴교해서 남아 있는 사람들을 소수 정 예로 만들어 줘.'라는 생각을 했다. 또한 나의 목표였기 때문 에 '뼈가 부러져도 네발로 기어서 교육을 받자.'라는 마음가 짐을 가졌고 실제로 교육받는 도중 인대가 파열되고 뼈가 골 절되지만 버티고 버텨 수료를 한다.

어떠한 일을 할 때 굳건한 마음가짐을 갖는다면 수단과 방법을 가리지 않고 이뤄 내는 당신을 볼 수 있을 겁니다.

사람은
쉽게 죽지 않는다

자신의 한계를 느껴 본 적이 있나요?

　UDT 교육을 받을 때 매일매일 힘든 하루였지만 매체를 통해 제일 힘든 훈련이라고 알려진 지옥주와 생식주 얘기를 해보려고 한다.

　먼저 지옥주다.
　120kg에 달하는 고무보트와 나무 패들 그리고 구명조끼를 입고 5일간(120시간) 잠을 자지 않고 훈련을 받는 것이다.
　지옥주의 시작은 이렇다.
　곤히 잠을 자다 갑자기 들려오는 총소리와 호루라기 소리에 일어나면 교관님이 문을 벌컥 열고 들어와 뛰어 나가라는 소리와 함께 연병장에 집합 후 시작한다.

여기서 잠시 질문을 하고 싶다.

"살면서 잠을 얼마나 안 자 봤나요?"

나는 UDT에 들어가기 전 끽해 봐야 하루 정도 잠을 안 자 봤다. 그것도 핸드폰을 하면서 밤을 지새운 거라 편하게 침대에 누워 하루를 보낸 것이다. 뻔한 말이지만 훈련의 느낌은 너무 달랐다.

매일같이 해가 떠 있을 때는 120kg의 고무보트를 무릎과 목으로 버텨야 하고 밥 먹을 때도 고무보트를 머리에 이고 나무 패들에 밥을 받아 손으로 먹어야 한다. 해가 졌을 때는 차가운 바닷물에 의해 몸이 덜덜 떨리고 쉴 새 없는 노질에 손에 물집이 잡히기 시작한다(중간중간 갯벌 훈련, 담력 훈련 등 다른 훈련들이 있지만 5일간 주된 훈련은 IBS와 함께하는 훈련들이다). 지옥주 훈련을 하며 5일간 멀쩡한 사람이 있을 수 있지만 내 생각에 단 1분도 졸지 않은 사람은 없을 거라 판단된다.

지옥주 시작 후 3일 차가 되면 정신 줄을 놓는 사람이 속출하기 시작한다. 갑자기 숲으로 뛰어 들어가 다이빙을 하는 사람, 헛것을 보는 사람, 한국말을 못 알아먹는 사람 등등 다양한 모습으로 사람이 맛 가는 걸 볼 수 있다. 또한 이 시기에 텔레포트를 쓰기 시작한다. 정신은 자고 있어 눈을 감고 있지만 고무보트를 머리에 이고 몸은 움직이고 있어 어느 순간 정신 차리면 출발한 지점을 벗어나 아주 멀리 와 있는 걸 경험할 수 있다.

신기한 일 아닌가?

텔레포트를 영화에서나 봤지 실제로 경험하게 되는 날이 올 줄은 상상도 못 했다.

대변 용무는 바다로 갈 때 물속에서 바지를 내려 해결해야 하고 가끔 화장실을 이용할 시간을 주면 문을 열고 해결해야 한다. 혹시 자는 사람이 있을 수 있으니 감시하기 위한 것이다. 이렇게 정해진 시간에만 대변 용무를 볼 수 있어 훈련 도중 참지 못하고 바지에 지리는 사람들이 있다.

그게 바로 나다.

그리고 느꼈다.

아기들이 기저귀에 대변 용무를 보면 왜 우는지. 바지에 똥을 싼 상태로 고무보트를 머리에 인 채 걷고 있으면 기분이 진짜 ×같다.

소변 얘기는 안 했는데 모두 수도꼭지 튼 것처럼 그냥 바지에 싼다. 또한 옷은 5일간 갈아입지 못한다. 군화 또한 갈아 신거나 벗지 못해 지옥주가 끝나고 나면 물집부터 시작해 온몸에 똥독, 오줌독이 들어 빨간 반점이 일어나고 정상적으로 걷는 사람을 볼 수 없다. 그리고 오줌을 바지에 싸는 것이 익숙해져 훈련은 끝났지만 오줌을 참지 못해 실례하는 훈련생도 있다(이건 내가 아니다).

이번에는 생식주 얘기를 하겠다.

4박 5일간 밥을 먹지 못하고 훈련하는 것이다.

글에 앞서 이번에도 질문 하나 하겠다.

"다이어트를 하기 위해 또는 특별한 사정으로 인해 밥을 얼마나 안 먹어 봤나요?"

생식주 훈련에 들어가기 앞서 배낭을 검사한다. 몰래 음식을 챙겼나 확인하고 정해진 장비 외에 다른 걸 가져왔는지 확인하기 위해서다.

훈련하기 전 교관님이 말하길 물은 제한 없이 마음껏 들고 가도 된다고 했지만 막상 검사할 때는 인당 2L로 제한을 줬다. 날이 더워 5L를 준비했지만 3L는 두고 가야 하는 상황이 벌어졌다. 반납하기 전 마셔도 된다는 교관님의 말에 1L 정도 마시고 나머지는 다 반납했다.

생식주는 4박 5일간 밥만 못 먹는 것이 아니라 잠 또한 편하게 자지 못하며 훈련을 받는다. 개인호를 만들어 새벽에는 경계를 서야 하고 좌표를 불러 주며 집결하라는 교관님의 무전이 오면 모든 짐을 싸고 이동해야 한다. 늦게 오는 두 팀은 얼차려를 받는 등 새벽에도 훈련이 끊이지 않아 항상 긴장한 상태로 무전기를 확인해야 한다. 그렇게 생식주 훈련이 시작됐고 처음부터 비탈길을 내려가야 하는 코스가 나와 발목을 다친 나는 배낭을 먼저 굴려 내려보냈다.

배낭 앞주머니에 플라스틱 물통이 있는 걸 까먹은 채.

내려가서 가방을 확인해 보니 역시나 물통은 깨져 1L의 물이 생식주 시작과 함께 사라졌다. 물 반절을 잃고 체념한 상태로 비탈길을 지나 최종 목적지인 섬에 들어가 훈련을 시작했다. 마땅히 먹을 것이 없다 보니 교관님은 나뭇잎과 나무껍질 등 자연에서 먹을 수 있는 것을 알려 줬지만 먹어 보니 흙 맛만 날 뿐 영양가도 없고 배도 차지 않았다. 물도 재공급이 안 되기에 하루씩 마실 양을 계산할 수밖에 없었다. 날마다 점심시간과 저녁시간을 주지만 우리가 먹을 수 있는 거라곤 풀잎, 나무껍질, 나무뿌리 등 먹어도 영양가 없고 흙 맛만나는, 속히 말해 더럽게 맛없는 것들만 먹을 수 있었다. 이렇다 보니 나는 점심시간마다 부두로 내려가 햇빛을 받으며 쉬기만 했다.

점심시간이 끝나면 교관님들은 우리를 옹기종기 앉혀 놓고 뜨겁게 달궈진 팬 위에 삼겹살을 굽기 시작한다. '치이이익!' 소리는 우리를 더 배고프게 만들었고 한 쌈 가득 싸 먹기 시작하는 교관님들은 꼴 보기 싫은 존재로 느껴진다. 밥을 다 먹으면 황도를 들고 와 흘러넘치는 과즙을 '츄르르릅!' 소리와 함께 귀 옆에 대고 먹는다. 괴롭지만 귀를 좀 더 가깝게 하여 과즙이 귀에 묻기 바라는 순간이다.

공복 2일 차까지는 버틸 만했지만 3일 차가 되는 순간부터 여태 느껴 보지 못한 고통이 찾아왔다. 뱃가죽이 등에 붙을 수 있을 것 같은 느낌말이다. 그렇게 4박 5일간 뱃가죽이 등에 달라붙는 느낌과 함께 잠도 잘 못 자며 고된 훈련을 이어갔다.

매체에 알려진 제일 힘든 훈련은 이 두 가지이지만 훈련받는 6개월 동안 매 순간이 고통의 시간들이다. 또한 추위의 한계, 더위의 한계, 배고픔의 한계, 졸림의 한계, 신체적 고통의 한계 등등 여러 방면에서 한계를 만난다.

모든 훈련 일정을 소화한 후 뒤돌아보니 깨달았다. 피똥 싸게 힘든 훈련을 버티고 수료할 수 있었던 이유는 **스스로 한계를 정하지 않았기 때문이라는 것을.**

대부분의 사람들은 자신의 한계를 스스로 정하거나 아직 한계를 느껴 본 적 없을 것이다. 사람이란 편안함을 추구하는 동물이기에 힘들면 그만두고 내 한계는 여기까지라며 포기하기 때문이다.

그런 사람들에게 말하고 싶다.

당신이 생각한 한계는 한계가 아니라는 것을.

그리고 사람은 쉽게 죽지 않는다는 것을.

에필로그

당신의 목표를 이룬다면
저는 자신 있게 말할 수 있습니다.

말을 하지 않고 표현하지 않아도 어떤
누군가는 당신을 자신의 목표로 생각하고 있다고.

몇 명이나 그러하냐, 이런 건 중요하지 않습니다.
한 사람만이라도 그렇게 생각한다면
나는 누군가의 롤 모델이 되는 겁니다.

이보다 멋진 일이 있을까요?

더 많은 사진과 생생한 현장이 궁금하시다면
인스타그램 〈@delta__jin〉, 유튜브 〈델타의 여행일지〉를
방문해 주세요.